Waléria & Valentina

Waléria & Valentina

Isaac Rosa
(com a participação de Olivia Rosa Lois)

Tradução
Ana Maria Doll Portas

Dados Internacionais de Catalogação na Publicação (CIP)
(Câmara Brasileira do Livro, SP, Brasil)

Rosa, Isaac
   W : Valeria e Valentina / Isaac Rosa (com a participação de Olivia Rosa Lois) ; tradução Ana Maria Doll Portas. – 1. ed. – São Paulo: Editora Melhoramentos, 2021.

   Título original: W
   ISBN 978-65-5539-267-8

   1. Ficção espanhola I. Lois, Olivia Rosa. II.Título.

21-62743   CDD-863

Índice para catálogo sistemático:
1. Ficção : Literatura espanhola 863
Aline Graziele Benitez - Bibliotecária - CRB-1/3129

Título original: *W*
Texto © 2019 Isaac Rosa

Publicado orginalmente na Espanha pela edebé, 2019
www.edebe.com

Tradução: Ana Maria Doll Portas
Imagem de capa: cópia digital de "Duality", da artista Erica Dal Maso (pintura acrílica sobre tela, ano 2016, tamanho 60 x 90 cm)
Lettering de capa: Marcelo Martinez (Laboratório Secreto)
Diagramação de miolo: Amarelinha Design Gráfico

Direitos de publicação:
© 2021 Editora Melhoramentos Ltda.
Todos os direitos reservados.

1.ª edição, junho de 2021
ISBN: 978-65-5539-267-8

Atendimento ao consumidor:
Caixa Postal 729 – CEP 01031-970
São Paulo – SP – Brasil
Tel.: (11) 3874-0880
www.editoramelhoramentos.com.br
sac@melhoramentos.com.br

Impresso no Brasil

• NOTA DO AUTOR •

DEPOIS DE PUBLICAR SEIS ROMANCES SOBRE TODO O TIPO de temas, me propus a escrever um que minha filha Olivia quisesse ler. "E o que a Olívia gostaria de ler?", eu me perguntava. A resposta era óbvia: ninguém podia saber melhor do que ela. Então, por que escrever um romance *para* a Olivia se eu podia escrevê-lo *com* a Olivia? É muito normal que um autor queira que a filha leia sua obra. Também não é estranho que, além disso, queira escrever não mais para ela, mas sim com ela. O que já não é tão comum é que ela esteja disposta a acompanhar a escrita durante meses sem perder o entusiasmo, apoiando nos momentos de insegurança e deslizes do pai-autor, e que, além disso, suas contribuições sejam tão decisivas. Aqui está o resultado de muitas tardes felizes. Obrigado, Olivia.

· 1 ·

Não há ninguém como você. Nunca conheci ninguém igual. Você é inigualável. Um exemplar único. Quando fizeram você, jogaram a forma fora. Blá-blá-blá... Não acredite em nada disso. Esses são os típicos elogios que você vai escutar mil vezes na vida. Dos pais, dos amores, da melhor amiga, de qualquer um que queira escutá-lo ou levantar seu ânimo quando você estiver num dia ruim.

Ninguém como você... Inigualável... Um exemplar único... Jogaram a forma fora...

Não adianta: blá-blá-blá.

Não tem ninguém igual a você? Claro que tem. Não fique achando que você é tão especial assim. Você não é inigualável nem exemplar único. Se nunca encontrou ninguém igual, continue procurando. Não jogaram fora a forma quando você nasceu, de jeito nenhum: usaram para fazer mais pessoas como você. Não digo parecidas: iguais. Como dois ovos. Como duas folhas de uma mesma árvore. Como duas gotas de água. Como duas... coisas qualquer.

Vejamos, pense um pouco. Quantas pessoas vivem no planeta Terra? Seis bilhões.

Já são mais de sete bilhões, me corrige Valéria, a Dona Sabichona.

Tá bom, sete bilhões. Alguém acredita que existiam rostos diferentes para tanta gente? É claro que não. Os chineses, por exemplo. Um bilhão de chineses.

Um bilhão, trezentos e trinta e nove milhões, segundo a Wikipédia.

Com mais razão ainda. Vocês acham que pode haver um rosto diferente para cada um? Claro que não, por isso eles se parecem tanto.

Não é verdade.

Valéria, por favor. Me deixa continuar contando a história?

É a MINHA história.

Mas segundo você os chineses não são tão parecidos.

Se você olhar bem, são muito diferentes uns dos outros. O que acontece é que nós não conhecemos muitos chineses e não sabemos observá-los.

O que eu estava tentando dizer, se a Valéria me deixar, é que, com tanta gente no planeta, é impossível que haja uma forma diferente para cada um. É matematicamente impossível. Não há rostos para tanta gente. Eles têm que se repetir, obrigatoriamente.

Por exemplo, as pessoas que se parecem com um famoso. Tem até concursos na TV. Gente que é idêntica a um ator, a um cantor ou a um jogador de futebol. Quando são encontrados na rua, as pessoas os confundem, tiram foto com eles e pedem autógrafos.

Meu pai me contou que alguns presidentes, reis ou ditadores têm um dublê para os eventos públicos, caso alguém tente assassiná-los.

Bom exemplo, Valéria. Mas o mais importante era o que eu estava dizendo: que não têm rostos para tanta gente. Que se você juntar todos os narizes possíveis: grandes, pequenos, grossos, finos, pretos, arrebitados, de porco, de batata... E todo o catálogo que você puder imaginar de olhos: redondos, amendoados, puxados, pequenininhos, de coruja; e até as variedades de cores, que não é só preto, castanho, azul ou verde, que dentro do preto tem muitas variações: os pretos como os de um gato negro ou como um pedaço de carvão, ou como um...

Não enrola, todo mundo já entendeu.

Tá, então imaginem que vocês juntem todas as variações que possam imaginar de narizes, olhos, bocas, testas, queixos e coisas do gênero. E vocês vão fazendo combinações como se fosse a cara do Senhor Cabeça de Batata. Quantas caras diferentes vocês conseguiriam formar? Milhares. Ou milhões, não sei. Mas com certeza vocês não vão conseguir formar sete bilhões de caras totalmente diferentes, únicas. Ah, esperem: e vocês têm que contar também as pessoas que viveram antes de nós. Quantos bilhões habitaram a Terra desde os homens das cavernas até hoje? Trilhões.

Cem bilhões. Acabei de pesquisar.

Então, com certeza seu rosto, esse que você vê no espelho e que parece tão seu, inigualável, já foi de outros antes. De um romano da Antiguidade, de uma camponesa medieval, ou de alguém do século passado ou de milhares de anos atrás.

Eu me lembro de um dia em que fomos a um museu. Mamãe ficou olhando um quadro antigo. Era o retrato de um deus grego. Ela começou a rir e nos chamou: "Olhem, crianças, é o papai!", disse, apontando o quadro. E era verdade: o cara da tela, o deus pintado, era o meu pai. Igualzinho, a cara dele e até a mesma expressão tranquilona. Aquele, sim, era o papai, mas meio pelado e com um capacete de guerreiro. Apesar de que ele não concordou com a gente e protestou: "Eu não sou tão feio!".

Então, é isso mesmo que eu estava falando. Não estou dizendo que existiu um deus igual ao pai da Valéria. Mas, sim, que o pintor usou como modelo um amigo ou um criado que era igual ao que viria a ser o pai da nossa protagonista centenas de anos depois. Não parecido: idêntico. Tenho certeza de que todos vocês já tiveram em algum momento um duplo, uma cópia. Com certeza vocês têm um igual hoje em dia também, só que ainda não cruzaram com ele. A Valéria, sim.

· 2 ·

Só que a Valéria não cruzou com seu duplo em um museu nem em um concurso de TV. Foi no ponto de ônibus, um dia, na saída da escola. Imaginem a surpresa.

Mais do que surpresa. Um susto de cair pra trás.

Você consegue imaginar um lugar mais comum para que te ocorra algo tão extraordinário? Se isso fosse um romance, o encontro entre Valéria e seu duplo teria acontecido em uma cabana no meio do bosque, ou numa praia deserta durante um passeio a cavalo, debaixo de uma tempestade. E eu estaria contando com aquele mistério típico desse tipo de situação: "De repente, abriu a porta e…". "Aquela desconhecida viu um estranho parecido com ela e, ao aproximar-se, descobriu horrorizada que…". "Percebeu que alguém a seguia e quando, de repente, se virou…".

Mas nada disso. Foi num simples ponto de ônibus, na saída da escola, em uma segunda-feira qualquer de setembro, ao meio-dia. Valéria levanta a cabeça do celular e lá está, do outro lado da rua, no ponto em frente: seu duplo. Uma menina igual a ela. Como se estivesse olhando a si mesma em um espelho.

Sim, como um espelho. Porque, além disso, ela também estava sentada no seu ponto de ônibus com a mochila apoiada ao lado como eu e olhando pro seu telefone, na mesma posição.

Depois de uns segundos, Valéria percebeu que não havia nenhum espelho, nem vidro, que a estivesse refletindo. Aí, sim, tomou um susto. Era outra menina. Uma que se parecia com ela.

Como assim que "se parecia"?

Uma que se parecia muito.

Muito?

Muitíssimo. Era inacreditável como se parecia.

Ai, para. Eu já expliquei antes de você começar a escrever. Nós não nos "parecíamos". Éramos idênticas.

Tá bom. Uma menina idêntica. Rosto ovalado, nariz arrebitado, boca pequena, olhos um pouco puxados. Cabelo castanho, cílios longos. Idêntica. O corpo também, esse corpo tão pequeno, que as pessoas sempre acabam achando que ela é mais nova do que é na realidade.

O que vocês acham, leitores e leitoras? Vocês acreditam? É possível encontrar um duplo, assim, ao sair da aula, no ponto de ônibus?

De onde vem essa pergunta? Por que você coloca dúvida neles logo no começo? Talvez seja você que não acredita... Que raio de narrador eu fui arranjar.

Estou tentando. Mas é que toda essa história me parece meio... estranha.

Estranha? Estranha é pouco. É incrível. Mas aconteceu. Deixa que eu continuo um pouco.

· 3 ·

Ali estava eu, no meu ponto de ônibus. E lá estava a outra, no ponto dela. Meu duplo. Frente a frente, separadas somente pela largura da rua.

Olhei bem para ela. Observei sem disfarçar, embasbacada, aproveitando que ela continuava distraída. Se ela levantasse os olhos, teria encontrado os meus; talvez ela também levasse um susto. Era como eu. Igualzinha.

Eu insisto que, quando eu digo igual, não estou querendo dizer "parecida", nem mesmo "assustadoramente parecida". Não é como esses imitadores de concursos de TV, nem como os dublês de corpo dos presidentes e dos reis que estão maquiados e com peruca. Não, não. Essa era idêntica a mim.

Eu não sabia o que fazer. Nem tive a ideia de me levantar e me aproximar dela. Eu estava um pouco assustada e comecei a ficar preocupada que ela também me visse. Disfarçando, tirei uma foto dela com o meu celular e ampliei na tela para poder vê-la mais de perto. Não restava dúvida: era eu.

Enquanto eu olhava embasbacada para a foto, ouvi um barulho. Levantei os olhos. O ônibus. O do ponto em frente, o que ela estava esperando. Vi como ela subia, caminhava até o fundo e se sentava perto de uma janela. O ônibus começou a andar e eu fiquei no meu lugar, paralisada. Com essa sensação de não saber se alguma coisa tinha acontecido

de verdade ou se eu tinha sonhado. Mas lá estava a foto no meu telefone.
Chegando em casa, mostrei a foto para o meu pai:
– Pai, olha, o que você acha dessa foto?
– Você saiu muito bonita – disse, sem prestar atenção.
– Olhe bem, por favor. Me diga se você vê alguma coisa estranha.
Ele deu uma outra olhada na foto e em seguida olhou para mim outra vez.
– Está acontecendo alguma coisa, Valéria?
– Não, não está acontecendo nada. Só me diga se você vê algo estranho na foto.
Ele olhou a foto novamente, depois olhou pra mim, e várias vezes repetiu o movimento: olhava pra foto, pra mim, pra foto, pra mim, como se estivesse buscando alguma coisa, como quando dizem pra você procurar os sete erros em dois desenhos que parecem iguais e você não consegue encontrar.
– Agora eu vejo! – disse, por fim, e fez uma cara de horror.
– O quê?
– A espinha. Saiu uma espinha no teu queixo, e na foto ainda não tinha.
Ele apontou a espinha horrível que tinha aparecido naquela mesma manhã. Isso era tudo. Meu pai não via mais diferença alguma. Estava confirmado: ela era igual a mim. Era meu duplo.
Vai, continue você, narrador.

· 4 ·

Eram os últimos dias de setembro. Não tinha passado nem duas semanas de aulas, e Valéria ainda não tinha se acostumado com a nova escola. Nem com o novo apartamento. Nem com o novo bairro. Em algumas manhãs, acordava e, ainda sonolenta, pensava que estava no seu quarto de sempre, da vida toda, até que percebia, na penumbra, a disposição diferente dos móveis e escutava no pátio central os vizinhos discutindo desde cedo e a barulhada dos contêineres de lixo sendo arrastados ao amanhecer. Então, ela virava para a parede, como se fosse somente um sonho ruim, que bastasse mudar de posição para acordar no lado bom da vida, no seu quarto amplo e luminoso de antes, na sua casa de tantos anos no mesmo condomínio e na escola onde continuavam estudando todas suas amigas.

E assim Valéria acordava naqueles dias de setembro e ficava na cama sem vontade de levantar até que o pai entrava com a buzina:

– Levanta, pinguim! *Fom, fom!*

Buzinadas de verdade, de uma grande buzina de carro antigo. Meu pai era um palhaço.

Era isso mesmo. O pai da Valéria era um palhaço.

Mas de verdade, daqueles de nariz vermelho e sapatos gigantes. Um palhaço sem graça.

Desde que ficou sem trabalho, ele tentou de tudo e, quando se cansou de enviar curriculum, terminou montando, com um ex-colega de trabalho que também estava desempregado, um pequeno negócio de animação de aniversários e festas infantis. E agora ele era isso: um palhaço. Um pobre palhaço.

Bom, eu não tenho nada contra palhaços. É apenas que ele não tinha graça. É o pior que pode acontecer a um palhaço. E mais uma coisa, ainda pior: às vezes ele saía na rua fantasiado para fazer propaganda. Com calças verdes, uma camisa de muitas cores e vários tamanhos maior, sapatos grandes vermelhos, luvas brancas, peruca rosa, narigão e maquiagem.

E uma buzina.

Sim, a buzina. Ele andava pela rua distribuindo panfletos, principalmente nos parques e na saída das escolas infantis, para que o contratassem para aniversários. Quando você é criança, ter um pai palhaço talvez seja a melhor coisa do mundo. A inveja das amigas. Meu irmão Teo adorava. Mas eu já não era mais uma criança. No Ensino Médio ninguém vai te cumprimentar porque seu pai anda com um nariz vermelho.

Por isso Valéria insistiu, desde o primeiro dia de aula, para ir e voltar sozinha da escola sem que ninguém fosse buscá-la.

– Eu busco o Teo na escola e em seguida passamos para te buscar – insistia o pai, mas Valéria não queria correr o risco de encontrar na porta da nova escola um palhaço tocando buzina e esperando por ela. Era só o que faltava.

· 5 ·

MAS VOLTEMOS AO PONTO DE ÔNIBUS. O DIA EM QUE Valéria garante que descobriu seu duplo e que sua vida mudou. Lá estava nossa protagonista, recém-saída da escola, esperando o ônibus da linha 9 e pensando em suas coisas. Pensando na prova do dia seguinte, a primeira do ano. Pensando onde esconder-se nos recreios, porque ficar na sala ou na biblioteca era uma má ideia, todo mundo acharia que ela era uma nerd; mas ficar dando voltas no pátio ou se sentar sozinha num canto também não era a melhor solução. Pensando em por que suas ex-colegas, incluindo aquela que ela pensava que fosse sua melhor amiga, Laura, não a tinham chamado para ir com elas nas quadras de basquete no sábado anterior. Pensando em uma espinha vulcânica que tinha aparecido no queixo, que não conseguiu disfarçar com maquiagem e que fez com que ela passasse a semana inteira com a mão no queixo, como se estivesse a ponto de dizer algo muito importante. Ah, e também pensando no menino da sala da frente, que ficava olhando para ela no corredor desde o começo das aulas.

Você tem que contar isso?

Acontecia todos os dias, nos poucos minutos entre uma aula e outra. O menino olhava para ela e ela olhava para ele.

Então ele disfarçava e ela também, até que ela voltava a olhar e ele devolvia o olhar. Assim o tempo todo. Nada mais. E nada menos. Toda manhã era igual: tocava o sinal, saíam para o corredor até que o professor seguinte chegasse. Ele ficava perto da porta da sua sala, Valéria na dela, e se olhavam, e disfarçavam, e voltavam a olhar, e sentiam vergonha e fingiam que estavam olhando o quadro de avisos ou a janela, até que, de canto de olho, se buscavam outra vez. Assim todos os dias. Nada mais. E nada menos.

Pois lá estava Valéria, no ponto de ônibus, uma segunda-feira de setembro,* ao meio-dia, pensando em suas coisas. De olho também no celular, esperando que a Laura respondesse sua última mensagem, desconfiada de que suas ex-colegas tivessem montado outro grupo de chat sem ela. Então levantou os olhos. E a encontrou. No ponto de ônibus em frente. A outra. Seu duplo.

---

*N.E. Na Espanha, local onde se passa a história, o ano letivo se inicia em agosto.

· 6 ·

Na terça-feira, dia seguinte ao daquele primeiro encontro no ponto de ônibus, a impaciência fez com que a manhã fosse eterna. Interminável. Ela não conseguia se concentrar na aula. No recreio, fingiu que assistia ao jogo de futebol enquanto de canto de olho vigiava as meninas da sua sala que se conheciam do ano anterior e formavam um grupo. Distraída, levou uma bolada e teve que disfarçar o ardor na orelha para que não rissem dela. Inclusive esqueceu do jogo de olhares com o menino da sala da frente entre uma aula e outra; naquela manhã, não foi para o corredor. Até que, enfim, tocou o sinal de saída.

Caminhou rapidamente até o ponto de ônibus, com medo de que a outra chegasse antes, que subisse no ônibus sem que ela tivesse tempo de vê-la. Mas lá estava ela outra vez: na calçada da frente, sentada como no dia anterior. Ela também vinha de alguma aula, mochila no ombro e pasta na mão. Mas não podia ser da mesma escola que Valéria, teriam se encontrado antes. Ela devia estudar em outra escola próxima, uma escola particular, aquela com quem os amigos de Valéria tinham uma rixa, desafiavam para jogar futebol e às vezes era preciso separá-los porque quase saíam na mão.

Valéria pensou que isso devia estar acontecendo desde o começo do ano. Como não a tinha visto antes? Ela sempre andava distraída olhando o celular, fazendo as lições de casa no ponto de ônibus, lendo. Observou bem, mas mais surpreendida ainda que no dia anterior. Era como se agora se parecessem ainda mais. Não seu duplo, não uma pessoa igual, mas ela mesma. Mais eu do que eu, não sei se estou sendo clara. Como se agora eu fosse o duplo e ela a original.

De repente, a outra levantou o olhar na direção de Valéria, que, assustada, disfarçou, virou e começou a olhar os horários do ponto de ônibus. De canto de olho, viu como a outra se voltava para as suas coisas; não parecia que a tivesse visto.

Ao chegar em casa, se fechou no quarto, disse que tinha muita lição de casa e não saiu até a hora do jantar. Passou todo esse tempo deitada na cama, olhando o teto e, de vez em quando, checava a foto no telefone, tentando entender aquilo, apenas interrompida pelo chato do Teo, que entrou sem bater na porta e, quando a viu daquele jeito jogada na cama, olhando o teto, perguntou se ela já estava apaixonada, que era o que ele sempre dizia para provocar.

— Vai se ferrar, pirralho — disse Valéria em voz baixa, para que a mãe não ouvisse. Fechou a porta, se jogou outra vez na cama, olhou mais uma vez a foto. Tinha que ter uma explicação, e ela iria descobrir.

· 7 ·

ASSIM SE PASSARAM MAIS TRÊS DIAS. VALÉRIA IA PARA A escola, mas não conseguia se concentrar nas aulas, e passava todo o recreio enfiada no banheiro ou dando voltas pelo pátio. No corredor, continuava o jogo de olhares com o outro menino, mas ficava tão distraída, como quando o professor perguntava alguma coisa e ela ficava vermelha, e os outros riam da sua distração. Ela só esperava que tocasse o sinal para correr até o ponto de ônibus, encontrar a outra e observá-la cada vez disfarçando menos, desafiadora, como se estivesse esperando que a outra percebesse, que aquela menina levantasse os olhos e encontrasse os seus, para ver o que ela faria, esperando que ela desse o passo de aproximar-se, já que Valéria ainda não tinha se atrevido.

Mas a outra sempre estava olhando o telefone e acabava indo embora no seu ônibus sem ver a Valéria.

O fim de semana foi insuportável. Dois dias sem vê-la. Começava a duvidar: será que ela existia de verdade ou era alguma forma de miragem, um truque da sua imaginação? Será que ela estava ficando louca? Olhava de novo a foto no telefone e isso não bastava para acabar com suas dúvidas. Será que não era ela mesma a fotografada, considerando que por mais que ela olhasse, ampliasse, e ampliasse de novo não via nenhuma diferença? Mas também o fim de semana foi insuportável pela impaciência: queria que chegasse segunda-feira o mais rápido possível. Porque estava decidida a dar o passo seguinte, a descobrir a verdade. Convenceu-se de que segunda-feira se aproximaria e falaria com a menina misteriosa. Tinha que fazê-lo.

Naquele fim de semana passou um tempo, finalmente, com Laura, sua melhor amiga, ou melhor, aquela que ela acreditava que fosse sua melhor amiga até o verão passado, quando começaram a se distanciar depois que ela se mudou. Dessa vez, foi Valéria quem ligou para ela, e combinaram de se encontrar na quadra de basquete do condomínio de Laura, com outras amigas em comum.

No caminho, Valéria passou por sua rua antiga e se deteve diante da casa onde havia vivido até somente dois meses atrás. Espiou por cima da cerca, viu o pequeno jardim cheio de brinquedos e a macieira pequena que Teo e ela estavam esperando que crescesse o suficiente para um dia abrigar uma "casinha de árvore" lá no alto. Olhou para sua janela, onde já não estavam as estrelas de papel. Sentiu-se mais estranha do que triste, como se em qualquer momento fosse aparecer uma outra Valéria, uma que seguiria vivendo ali e continuaria sua vida do ponto em que ela deixou ao mudar-se.

Na quadra de basquete, Laura e as outras meninas estavam esperando por ela. Deram beijos e abraços quando se viram e começaram a contar as novidades.

– E a escola nova? Legal? – perguntou Laura.

– Ah, super – respondeu Valéria com um sorriso enorme. – Tive sorte, já tenho um monte de amigas, o que facilita a vida.

Valéria falou muito animadamente da sua nova casa ("É linda, você tem que vir um dia", convidando a Laura), do bairro ("Não é tão chato como o condomínio, tem muito movimento nas ruas") e da escola contou uma coisa divertida que, na verdade, tinha acontecido com outra menina, mas que ela relatou como se fosse a protagonista.

    Laura e as outras meninas contaram sobre a escola delas, que também tinha sido a de Valéria até o ano anterior: professores novos que já tinham ganhado apelido dos alunos, amigos antigos e outros que Valéria não conhecia, meninos bonitos e meninos feios; mas cada vez mais falavam entre elas, faziam piadas que Valéria não entendia, se referiam a pessoas que ela não conhecia, e então foi ficando calada, como quando você chega tarde em uma festa e todo mundo está rindo e dançando, mas você não consegue entrar no clima, parece que está olhando para eles por detrás de um vidro, enquanto você vai se apagando cada vez mais.

    Quando se despediram naquela tarde na quadra de basquete, Laura disse que iria combinar de encontrar uma outra vez e falou como sempre, sem nada de estranho em suas palavras. Entretanto, Valéria sentiu que havia algo diferente, uma distância em relação à amiga que ela não sabia explicar, mas que doía. No caminho de volta para casa, pensou que teria gostado de contar para Laura o descobrimento do seu duplo. Se não fosse para ela, para quem contaria?

· 8 ·

FINALMENTE CHEGOU SEGUNDA-FEIRA, O DIA MARCADO para dar aquele passo: o dia em que iria se aproximar de seu duplo para descobrir quem era aquela desconhecida. Valéria disse ao pai que voltaria tarde, que depois das aulas ia pra casa de uma colega de classe para fazerem juntas um trabalho.

– Fico feliz que você já tenha amigas, querida. Como se chama?

– Como se chama quem?

– Tua amiga. Com quem você vai fazer o trabalho.

– Ah... É... Laura.

– Sério? Laura, como a tua melhor amiga. Isso é bom sinal.

Durante as aulas, Valéria passou a manhã olhando para o relógio, que andava superlento. No recreio, nem disfarçou, sentando-se em um banco do pátio sem nem ligar que a vissem sozinha. E quando finalmente tocou o sinal, correu para o ponto de ônibus para procurar seu duplo.

E não é forma de falar: corri, a toda velocidade, como se fosse a última oportunidade de encontrá-la, agora que eu estava decidida a dar o passo de me aproximar dela. Mas, quando cheguei, não a vi. Ela não estava lá.

Não tinha ninguém na calçada da frente. Talvez o ônibus tivesse se adiantado e já ido embora. Podia ser também que ela estivesse doente e que nesse dia não tenha ido à escola. Ou talvez bastou sua decisão de dar o primeiro passo para que quebrasse o feitiço, a miragem, o sonho, e não a veria nunca mais.

Ela não estava. Esperou mais de 15 minutos, deixou passar dois ônibus. E quando Valéria estava para ir embora, a viu: vinha caminhando lá do fim da rua, com passo tranquilo, mochila no ombro, tão parecida também com ela na sua forma de andar. Chegou no ponto de ônibus, largou a mochila e se jogou no banco com o cansaço de segunda-feira.

Valéria começou a duvidar. Agora já não tinha tanta certeza de que seria capaz de cruzar a rua e ir falar com ela. Toda a decisão acumulada no fim de semana estava derretendo em segundos.

Olhou para a direita e viu o ônibus da frente chegando. A outra se levantou, e Valéria paralisada, como pregada no banco. Se tentasse se levantar e andar, as pernas ficariam pesadas como num sonho quando você tenta se mover, mas o ar está pegajoso, e levantar um dedo somente já é um esforço gigantesco.

Eu sempre penso que cada decisão que tomamos abre uma porta e fecha outras. Cruzar a rua ou ficar sentada, aproximar-me e falar com ela ou fugir. A todo momento, temos que fazer escolhas. Como em um videogame em que você vai abrindo portas e deixando outras sem abrir, e cada porta te leva a uma história diferente. Ou aqueles livros que meu pai me mostrou, de quando ele tinha a minha idade: "Escolha tua própria aventura". No final de cada capítulo, o leitor tinha que tomar uma decisão, e o que ele decidisse teria consequências. Você podia chegar ao final, encontrar o tesouro, ou no caminho ser pego e devorado por canibais. FIM. É assim que eu me sinto muitas vezes na minha vida e assim me sentia naquele dia, no ponto de ônibus, como se houvesse um cartaz na minha frente: "Se você decidir atravessar a rua e subir naquele ônibus, vá para a página 45. Se você preferir ficar no seu lugar, vá para a página...".

Os freios do ônibus chiaram, e se ouviu o bufado das portas se abrindo. A outra menina subiu, andou pelo corredor e sentou-se no fundo. Valéria continuava paralisada no ponto de ônibus, como se tivesse raízes nos pés. O ônibus fechou as portas, e então Valéria escutou um grito:

– Espera!

Olhou para a direita e viu uma senhora que corria e agitava os braços gritando para que o motorista a esperasse. A mulher chegou até o ponto de ônibus, as portas se abriram, subiu muito esbaforida e, quando fecharam, mais alguém tinha entrado: Valéria, que, sem saber como, juntou forças para mover as pernas pesadas e correr atrás da senhora para subir no ônibus também.

Depois de pagar a passagem, olhou para a parte de trás. Lá estava: seu duplo, sentado na última fileira, com a cabeça abaixada lendo alguma coisa no celular. Valéria sentou-se no primeiro assento, atrás do motorista. Assim, podia espiá-la pelo retrovisor. Ali, no reflexo, via ela pequena, distante, como se a observasse pelo olho mágico de uma porta.

O ônibus virou em uma avenida em direção a bairros onde Valéria nunca havia entrado, e pensou o que diria se algum conhecido de seus pais a visse; não tinha uma desculpa pensada. Cruzaram por cima do rodoanel. Atravessaram um bairro de edifícios novos, muito diferente das ruas estreitas de onde Valéria morava agora.

Finalmente, a outra menina se levantou. Refletida no espelho retrovisor, foi até a porta central e apertou o botão solicitando a parada. Valéria encolheu-se em seu assento, não se atrevia nem a olhar pelo retrovisor. Uma coisa é seu duplo surpreender você no ponto de ônibus da frente, outra é viajarem no mesmo ônibus. E ela estava seguindo a menina, e também não tinha uma desculpa pensada para isso.

Abriram-se as portas e a outra desceu. Valéria nem pensou em ir atrás dela.

Eu estava morta de medo. Percebia minha respiração acelerada, não teria conseguido pronunciar nem uma sílaba.

Pela janela, viu a menina cruzar a rua em direção a uma zona de edifícios baixos, todos iguais, de azulejo amarelo e muita roupa estendida nos varais. O ônibus virou rápido na esquina, e Valéria nem teve tempo de ver o nome da rua.

· 9 ·

Passei a tarde toda ensaiando na frente do espelho, no banheiro de casa. Faço isso sempre; foi a psicóloga que me recomendou, como uma forma de vencer essa insegurança que me paralisa em muitos momentos, uma forma de antecipar momentos difíceis, imaginando-os antes. Eu faço, apesar de que depois quase nunca funciona, porque a vida não é um livro em que você lê uma página e depois escolhe como vai continuar; tudo é muito mais incontrolável.

Os primeiros dias de escola também ensaiei muitas vezes no banheiro. Eu me imaginava chegando na sala de aula, me apresentando aos meus novos colegas, cumprimentando simpática, contando de onde eu era. E me via no espelho muito autoconfiante, falava em voz alta, com uma segurança que depois, na hora da verdade, não aparecia em nenhum lugar: no primeiro dia de aula, cheguei, entrei com a cabeça abaixada, me sentei na primeira carteira livre e me transformei em uma estátua enquanto sentia sobre mim o olhar dos outros. Para completar, uma repetente, Natália, se aproximou de mim e me perguntou em voz alta se eu tinha me confundido de ano, se não tinha que estar no Fundamental, porque me achava muito pequena, e eu queria que a terra se abrisse debaixo dos meus pés enquanto meus novos colegas riam da piada.

Depois ensaiei também muitas vezes como me aproximar do grupinho de meninas que se reuniam no recreio. Falando no espelho, sorria, cumprimentava, comentava alguma coisa das aulas, perguntava sobre as lições de casa. Mas, depois, chegava a hora do recreio e eu as via lá, sentadas em uma rodinha fechada, rindo de bobagens que mostravam nos celulares, e a mesma Natália cantarolava, e eu não somente não me aproximava como sumia da vista delas.

Ah, e eu também ensaiei quando comecei a reparar que aquele menino da sala da frente olhava tanto para mim. No espelho do banheiro de casa, me aproximava dele, sorria, me apresentava, perguntava seu nome, me mostrava supersimpática, e via a mim mesma como se eu fosse outra, uma outra mais corajosa do que eu, com menos vergonha e medo. Outra Valéria. Sem essa timidez insuperável e paralisante que me acompanha desde que, no Infantil, o diretor disse aos meus pais que eu não falava com ninguém, nem com crianças nem com professores, e que era melhor que eu fosse ver a psicóloga da escola.

Assim, naquela tarde, depois de tê-la seguido no ônibus, cheguei em casa e me enfiei no banheiro. Para praticar. Mas dessa vez era diferente: no meu reflexo eu achava que estava vendo a menina de verdade, o meu duplo. Meu pai me contou uma vez que tem gente que tem medo de espelhos. Medo de verdade. Disse que tem lendas antigas que falam do espelho como um portal para entrar num outro mundo e que o que nós vemos não é nosso reflexo, mas sim nosso duplo demoníaco que nos imita para que não percebamos e assim confiemos nele e, quando estivermos descuidados, zás: ele se aproveita e salta para nosso mundo e nos manda para o outro lado do espelho, onde estaremos condenados a repetir para sempre o que nosso substituto faz.

Só que naquela tarde eu não sentia medo, mas, sim, estranheza; uma sensação de que aquela que estava falando comigo não era meu reflexo, mas a outra, a do ponto de ônibus. Mesmo assim, fiz uma tentativa. Olhando-a nos olhos, disse ao meu reflexo:

— Olá, me chamo Valéria. E, sim, já sei o que você está pensando: somos iguais. Idênticas. Eu também estou muito surpreendida. Não se assuste. Eu só quero falar com você. Eu queria encontrar uma explicação, porque tem que ter uma explicação. Qual é o seu nome?

Repeti uma vez e mais uma, sentindo-me mais segura, até que a minha mãe, com o mau humor que chegava ao voltar do trabalho toda tarde, esmurrou a porta, perguntou se eu estava falando no telefone e me mandou sair já do banheiro.

E assim, com tudo muito ensaiado, voltei, no dia seguinte, ao ponto de ônibus. Convencida de que, desta vez, sim. Eu faria. Falaria com ela.

· 10 ·

– Olá – disse Valéria no dia seguinte, em voz muito baixa. Ela de repente esqueceu tudo que ensaiou no espelho, quando finalmente estava na frente do seu duplo.

– Olá – repetiu a outra.

– Isso é muito estranho, eu sei – sussurrou Valéria.

– Sim, é muito estranho. Muito. A coisa mais estranha que me aconteceu.

– Eu me chamo Valéria.

– Oi, Valéria. De onde você saiu?

– Eu te segui desde o ponto de ônibus. Eu tinha que falar com você.

– Você me seguiu? Quem é você?

– Valéria, eu já te...

– Não. Quem é você de verdade? Como é possível?... Você e eu somos...

– Idênticas. Eu sei. Como duas gotas de água.

– Mas não é possível.

Lá estavam as duas, imóveis no meio da rua, olhando-se de perto, reconhecendo sua semelhança incrível.

Para chegar nesse primeiro encontro, Valéria tinha saído da sala e corrido até o ponto de ônibus disposta a não deixar passar nem mais um dia. Então, ao chegar e ver que a outra estava na calçada da frente, cruzou a rua e se colocou a poucos metros do seu duplo, que estava escrevendo em um caderno e não percebeu sua chegada. Bastaria que ela levantasse o olhar um segundo para encontrar Valéria tão próxima, de pé, olhando para ela, com as orelhas queimando e o coração que queria sair pela boca.

Quando chegou o ônibus, a menina ficou de pé e subiu, e Valéria foi atrás dela, pensando em cada passo que dava, como se as pernas esperassem que alguém desse ordens para se mover.

As duas se sentaram nos mesmos lugares do dia anterior: a menina no fundo; Valéria na primeira fileira, para espiá-la pelo retrovisor.

O ônibus fez o mesmo caminho do dia anterior, e Valéria sentia outra vez a estranheza das coisas que se repetem: ela se repetia no seu duplo; as duas se repetiam no espelho retrovisor; o caminho do dia anterior se repetia. Como se tudo fosse um sonho. E, para completar, pensava em repetir o que tinha ensaiado antes no espelho de casa. Então teve um segundo de dúvida, mas logo viu que a menina ficou de pé e caminhava até a porta. Era o momento.

Meu estômago ficou pequeno. Eu mesma estava ficando pequena, encolhendo, sentia que meus pés não chegariam ao chão e teria que descer do assento dando um pulo, e os degraus do ônibus seriam gigantes. Lembrei das respirações que minha mãe me ensinou para esses momentos e comecei a inspirar e soltar o ar, profundamente, até recuperar meu tamanho.

Fazia frio. Foi a primeira coisa que Valéria pensou ao descer do ônibus: que naquele bairro fazia frio, como se tivessem viajado para mais longe, para outro país. Devia ser o contraste com o calor do ônibus, ou seus nervos, mas, ao pisar na calçada, fechou a jaqueta para se esquentar. Viu que a outra atravessava a rua. Apertou o passo para não perdê-la de vista.

Surpreendeu-se com sua própria agilidade, nada a ver com o dia anterior. Suas pernas já não pesavam, ao contrário: sentia que tinha forças para seguir aquela menina até o fim do mundo se fosse necessário. Caminhava muito próxima a ela; se alguém as visse, pensaria que eram irmãs que andam meio brigadas, uma na frente, a outra atrás. Tinha pouca gente nas ruas, o que tornava mais evidente que elas caminhavam juntas, ou que uma seguia a outra.

Atravessaram uma rua estreita entre edifícios iguais, amarelos, de três ou quatro andares, com varais de ponta a ponta. Saíram em um campo aberto, como de futebol e cheio de matagal e lixo.

Na metade do descampado, a menina parou de repente. E Valéria também, uns poucos passos atrás. A menina tirou a mochila do ombro, colocou no chão e agachou para pegar alguma coisa dentro dela, durante uns segundos que pareciam intermináveis para Valéria. Ao final, pegou uns chicletes. Abriu um e colocou na boca; pendurou a mochila e começou a andar de novo. Valéria decidiu que esse era o momento. Era melhor abordá-la ali, em um descampado, sozinhas.

Então correu até ela e quando a alcançou contou até dez de trás para frente, como quando tinha que levantar a mão na aula ou fazer uma ligação para alguém e tinha vergonha.

Dez, nove, oito...

Esticou uma mão até a outra menina. Quase podia tocar sua mochila.

Sete, seis...

Engoliu em seco, pensou bem nas primeiras palavras.

Cinco, quatro... De repente, não lembrava de mais nada que tinha ensaiado no espelho, mas mesmo assim não se deteve. Era o momento.

Três, dois, um... Colocou a mão no seu ombro, bem no momento em que a outra parou na beirada da calçada porque vinha um carro. Foi como se o tempo parasse. Nós nos convertemos em pedra. Estátuas. Não durou nem um segundo, mas eu lembro como se fosse eterno, como se ao tocá-la nós nos congelássemos. Você não imagina a quantidade de coisas que me passou pela cabeça. Inclusive sair correndo. Então a outra se virou. Devagar, sem susto. Sorridente, esperando que quem tinha tocado seu ombro fosse um vizinho, uma amiga. Virou-se e se encontrou com a Valéria. Se encontrou com seu duplo.

· 11 ·

Acontece com todos nós quando somos crianças. Você está andando pela rua, com seus pais, de mãos dadas com um deles. Tem muita gente, passeando, olhando vitrines, e você vai despreocupada no teu mundo infantil, em que andar pela rua é como ir nadando pelo fundo do mar, ou voando sobre os edifícios, ou andando a cavalo.

Então você solta a mão por um instante, sem problemas, e continua caminhando ao lado dos seus pais, mas agora sem segurar neles. De repente, sem pensar, você levanta o braço e segura a mão do seu pai, mas, ao tocá-la, sente algo estranho, um calor diferente na pele, uns dedos mais grossos, ou mais finos. Olha a mão, segue pelo braço até chegar a uma cabeça que vira para você e sorri. E não é o seu pai.

Você se confundiu. Deu a mão a outro senhor, que agora te olha com cara engraçada e não percebe o medo que você está sentindo naquele instante, porque não é que você tenha se confundido nem que tenha se perdido: é que trocaram o seu pai, é que seu pai se transformou em um desconhecido. São somente uns segundos, em seguida você se solta e olha ao redor e encontra o pai verdadeiro, que estava ao lado e ri da confusão. No entanto, você demora um pouco para se recuperar do susto.

Lembrei disso naquele momento, quando coloquei a mão sobre o ombro dela, e ela se virou, me viu e comprovou que eu não era a pessoa que ela esperava encontrar. Que eu era a última pessoa na face da terra que ela esperava encontrar.

· 12 ·

Ficou boquiaberta. As duas. Valéria e a outra menina boquiabertas, frente a frente, com a mesma expressão de assombro, como se fossem de verdade um espelho.

– Olá.

– Olá.

– Isso é muito estranho, eu sei.

– Sim, é muito estranho. Muito. A coisa mais estranha que me aconteceu.

– Eu me chamo Valéria.

– Oi, Valéria. De onde você saiu?

– Eu te segui desde o ponto de ônibus. Eu tinha que falar com você.

– Você me seguiu? Quem é você?

– Valéria, eu já te...

– Não. Quem é você de verdade? Como é possível?... Você e eu somos...

– Idênticas. Eu sei. Como duas gotas de água.

– Mas não é possível.

– Se você quiser, eu te belisco – disse Valéria, e deu um pequeno beliscão no braço dela, não porque acreditasse nessas coisas, mas sim por necessidade de tocá-la, de comprovar que ela estava ali de verdade.

– Não estou sonhando, eu sei. Mas não entendo nada.

– Eu também não.

Não conseguiram falar mais do que isso. Ficaram outra vez em silêncio, olhando-se, estudando até onde chegava a semelhança, como no jogo de sete erros, buscando algum pretexto em que se agarrar, algo para poderem dizer: não, não somos tão iguais, olhe bem, é somente uma ilusão de ótica. Mas que nada. Eram idênticas. A mesma cara ovalada, com a marquinha no queixo. Os mesmos lábios finos, inclusive os dentes pequenos e com os caninos um pouco pontudos. O mesmo nariz achatado, o "botãozinho", como dizia o pai da Valéria. Os olhos castanhos, um pouco puxados, os cílios longos que a avó dizia que atrairiam dezenas de namorados.

– Somos irmãs? – perguntou a outra, finalmente.
– Eu fiz catorze em maio, e você?
– Em junho. Apesar de que não sei mais em que acreditar.
– Você ainda não me disse como se chama.
– Valentina.
– Que engraçado. V e V.
– Não vejo graça. Desculpe... Estou um pouco...
– Assustada? Relaxa, eu te entendo. Não prego o olho há uma semana.

Elas poderiam continuar assim por horas, falando por falar, somente para se escutarem e comprovarem uma coisa que nenhuma das duas se atrevia a comentar: que suas vozes também eram idênticas. As duas falavam em tom baixo, sibilavam os esses e apagavam um pouco o final de cada frase.

Valentina propôs que passeassem até um parque próximo, e começaram a andar no mesmo passo, como se uma fosse a sombra da outra.

Sentaram-se em um banco, agora sim como duas irmãs. Olharam-se de novo, de perto. Valentina parecia mais tranquila, sorriu e esticou a mão até o rosto de Valéria. Tocou-a devagar, como uma forma de reconhecê-la, de comprovar se era o mesmo tato que o seu. Passou a ponta do dedo pelas bochechas dela, pelo nariz, pelas sobrancelhas. Depois, acariciou o cabelo dela, e em seguida acariciou o seu, para confirmar a mesma sensação.

– E agora, o que fazemos? – perguntou Valentina.

– A primeira coisa é descobrir por que somos iguais. Tem que ter uma explicação.

· 13 ·

Mas, me diga, Valéria, tem alguma?

Alguma o quê?

Se tem alguma explicação. Alguma coisa que faça com que tua história seja mais...

Mais possível de acreditar? Entendo. Você continua pensando que eu inventei tudo.

Eu não, mas talvez se alguém ler isso...

Você não acredita em mim.

Eu tento acreditar. Mas...

Se você não quiser, não continue escrevendo. Eu encontro outro narrador.

Não fique irritada, Valéria. Eu quero acreditar. Estou escrevendo tudo o que você me conta e faço para isso: para acreditar em você.

Espere um pouco. Continue escrevendo. Confie em mim.

· 14 ·

É CLARO QUE TINHA QUE TER UMA EXPLICAÇÃO. E ELAS não iriam parar até encontrá-la.

Despediram-se lá mesmo, no parque. Gostariam de ficar juntas por mais tempo, mas primeiro precisavam dessa explicação. Combinaram de se encontrar no dia seguinte, no ponto de ônibus, e até lá cada uma faria sua parte. Valéria perguntou para sua mãe logo que chegou em casa, aproveitando que esse dia ela tinha chegado do trabalho de bom humor, para variar um pouco.

– Mãe...

– Fala, querida.

– Você alguma vez quis ter outra filha?

– Outra filha? Estou feliz com o Teo e com você.

Valéria se sentou na bancada da cozinha, enquanto a mãe preparava o jantar. Insistiu:

– Você nunca pensou em ter outra filha?

– Outra filha?

– Uma como eu. Igual a mim.

– Igual a você? – perguntou a mãe, enquanto mexia cebola na frigideira.

– Sim, igual. Outra filha como eu.

A mãe largou a frigideira por um momento, limpou as mãos em um pano e olhou a filha com uma expressão séria. Seus olhos brilhavam.

– Eu entendo o que você quer dizer, querida.
– Você... entende?
– Claro. Eu sei do que você está falando.
– Você... sabe? Mamãe... você está chorando?
– É a cebola...

E foi para a sala com a toalha para pôr a mesa, deixando a filha outra vez boquiaberta.

Valéria correu atrás dela.

– Do que você está falando, mãe? O que você sabe?
– Da tua irmã.
– Que irmã? É sério que você sabe?
– Claro que sei. Aconteceu a mesma coisa comigo quando eu tinha a sua idade.
– Aconteceu igual com você! – gritou Valéria.
– Sim, filha. É uma coisa muito normal. Acontece com todas as meninas em algum momento.
– Como assim... com todas as meninas?
– Também não é para tanto, querida. É a coisa mais normal do mundo.
– Você acha a coisa mais normal do mundo ter uma...
– Uma irmã fantasma – disse a mãe, voltando à cozinha.
– Uma irmã fantasma!

Aquilo foi o cúmulo, Valéria não estava entendendo nada.

– Sim, uma irmã fantasma: a irmã que você não tem, mas de quem sente falta. Na sua idade eu também queria ter uma irmã para compartilhar segredos, para atravessarmos juntas as transformações das etapas da vida. Eu até falava com ela quando estava sozinha. Como aquela amiga invisível que você tinha quando era pequena, você se lembra? O que está acontecendo com você se chama adolescência, querida.

– Adoles...? Eu achei que você estava se referindo a...

– Eu entendo você, filha. Seu irmão é pequeno, e você briga muito com ele. E são tantas mudanças, a escola nova. É normal que você sinta falta de ter uma irmã para contar todas as suas coisas. Eu acho que isso acontece com todas as meninas em determinada idade, com exceção das que têm sorte de ter uma irmã com pouca diferença de idade. As gêmeas têm mais sorte.

– As... gêmeas? – repetiu Valéria, agora um pouco mais tranquila, com o mal-entendido esclarecido.

– Isso também vai acontecer com o seu irmão. Quando Teo chegar na adolescência, você será velha demais para dividir as coisas com ele, e ele vai sentir falta de um irmão da idade dele.

Neste momento chegou o pai. Estava voltando de um trabalho em um aniversário, esgotado, com a pintura da cara mal tirada, a roupa de palhaço, o cabelo suado pela peruca e restos de uma tortada no pescoço. Um palhaço cansado. Mesmo assim, teve forças para anunciar sua chegada com buzinaços:

– Oi, família! *Fom, fom!* Um dia horrível. Aniversário de crianças mal-educadas, dessas que acham que porque seus pais estão pagando têm direito de me tratar como boneco. Preciso de um banho.

Quando ficaram sozinhas de novo, Valéria voltou com tudo:

– Mamãe, na verdade eu queria te perguntar...

– O quê?

– Você nunca... nunca teve outra filha?

A mãe ficou petrificada com a colher de pau na mão, a ponto de provar o molho.

– Que bobagem! Claro que não!

Valéria insistiu:

– Você tem certeza, mamãe?

– Claro que tenho certeza. Que pergunta boba.
– Mas, certeza absoluta? Cem por cento?
– Eu não estou entendendo de onde você tirou isso...
– E sobre o dia que eu nasci?
– O que tem a ver o dia que você nasceu?
– Nasci somente eu?
– Quê?
– Você tem certeza de que não nasceu... ninguém mais?
– Eu não entendo aonde você está querendo chegar, Valéria.
– Quando eu saí da tua barriga... não saiu ninguém mais, somente eu?

Então sua mãe soltou uma gargalhada, e Valéria levou um susto maior do que se ela tivesse gritado como louca.

– Vai, põe a mesa, que já está ficando tarde.
– Mas... mãe... Eu sei que parece um pouco absurdo, mas... Você tem certeza ab-so-lu-ta?
– É claro que eu tenho certeza! Ab-so-lu-ta. Nasceu você, e ninguém mais. Tem a ver com alguma coisa da escola? Você está estudando reprodução?

· 15 ·

Palhaça.
Estava assim, em maiúsculas. palhaça. À caneta, no centro da mesa, em letras bem grandes, para que a Valéria lesse assim que chegasse. Para que todos da sala vissem. Por isso cobriu rápido com um caderno. Estava escrito em um tamanho tão grande, que teve de colocar o estojo ao lado para esconder o último "a", que sozinho não dizia nada, mas a professora iria ver, e podia gerar uma cena horrível.

Seria algo assim:

– Por que você escreveu na sua mesa, Valéria? Você sabe que é preciso preservar os materiais da escola.

– Não fui eu que...

– Deixe-me ver o que está... "palhaça". Por que você escreveu "palhaça" em sua mesa, Valéria?

E risadas de toda a sala.

Então Valéria fez como se não tivesse visto. Não olhou para o lado buscando responsáveis e se esforçou para disfarçar a cara que fez quando viu aquilo, a raiva que deu.

A vontade de chorar, melhor dizendo. Tinha chegado tão contente, pensando que à tarde me encontraria com a Valentina e, ao ver aquilo, o teto caiu em cima de mim, o andar de cima e o seguinte, o telhado; a escola inteira caiu sobre mim e com ela tudo o que estava em pé há dois meses como um castelo de cartas; o apartamento pequeno, o meu quarto, o pátio sem iluminação, o bairro onde não queria morar. Fiquei ali, debaixo de uma montanha de escombros, no meio da sala de aula. PALHAÇA.

Escutou um cochicho e risadinhas atrás, mas não se virou; sabia de quem se tratava.

Aquela imbecil da Natália.

Para quem Valéria olhou foi a colega de mesa, Marina, que tinha se atrasado para entrar na sala e se sentar, como se estivesse ganhando tempo até que Valéria tapasse aquele "PALHAÇA".

Muito feio, Marina. Muito feio. Não esperava isso dela.

Valéria não disse nada, somente a olhou com a boca apertada, para que ela entendesse sua reprovação, mas Marina foi incapaz de sustentar o olhar.

Sua orelha megavermelha a delatava. Muito feio, Marina. Muito feio.

Nos primeiros dias de aula, Marina tinha sido o mais parecido com uma amiga que Valéria encontrou na nova escola. Também era nova naquele ano, e o fato de serem novatas fez com que se aproximassem nos primeiros dias. Sentaram-se juntas por eliminação porque não conheciam ninguém, quando todos escolheram suas duplas, sobrou uma mesa vazia para elas. Sentar juntas fez com que conversassem entre aulas, mas não ainda no pátio: Marina se integrou muito rápido ao grupo de Natália e, apesar de ter convidado sua colega de mesa para se juntar a elas, Valéria titubeou. A primeira topada com Natália ainda estava muito recente na manhã do primeiro dia, quando a repetente se aproximou da sua mesa e, vendo que o resto da classe estava escutando, soltou a piadinha:

– Oi, será que você não se confundiu de ano? O Fundamental fica lá no final da rua.

– Não, eu...

– Ai, desculpe. Eu não te dava mais do que onze anos.

Sob a risada de todos, essa topada com Natália foi um trem que partiu e não voltou a passar, condenando-a a recreios sem companhia.

Justamente para estreitar aquela única relação, e para que Marina abrisse as portas da turma para ela, Valéria teve um momento de cumplicidade e decidiu contar algo a ela que ninguém mais sabia.

Foi na segunda semana de aulas. A professora tinha perguntado um por um sobre o trabalho de seus pais e, quando chegou a vez da Valéria, ela não disse toda a verdade:

– Minha mãe trabalha em uma companhia de seguros. E meu pai... é jornalista.

No final da aula, Marina cochichou:

– Sabe o quê? Eu disse que o meu pai era médico, mas na verdade está desempregado. Me deu um pouco de vergonha dizer isso.

– Não tem problema. Eu também não disse a verdade. Meu pai já não é mais jornalista. Agora é... palhaço.

As duas riram sobre o tema em voz baixa. Marina disse que seu pai daria um bom palhaço; Valéria contou o horror de ver o seu andando pela rua fantasiado e buzinando para anunciar seus serviços. E lhe pediu que não contasse isso a ninguém da escola por nada neste mundo.

É isso que dá ser ingênua. Por não saber ficar quieta. Lá estava o resultado: sete letras garrafais na mesa, o tiro de misericórdia para minhas poucas possibilidades de vida social na escola: PALHAÇA.

· 16 ·

Naquela tarde, contou tudo para a Valentina. Para ela, sim. Decidiu desde o primeiro momento que podia confiar nela.

Se você não pode confiar no teu duplo, apaga e vamos embora.

– Eu não acho que seja algo para se ter vergonha – disse Valentina. – Essa Natália é uma idiota. Você deveria lhe dar uma lição.

– Você não se importaria se teu pai andasse fantasiado de palhaço pela rua? – perguntou Valéria, ainda irritada.

– Eu adoraria poder encontrar meu pai agora vestido de palhaço, pela rua, tocando buzina.

– Você não está falando sério.

– Meu pai morreu há quase um ano.

Estavam em uma praça da parte antiga da cidade, sentadas no encosto de um banco. Tinham se encontrado um pouco antes, na saída da escola, no ponto de ônibus, cada uma do seu lado da rua. Chegaram, se sentaram como um dia qualquer e se viram de longe. Riram. Foi Valentina quem atravessou, agarrou Valéria pela mão e puxou-a.

– Vem, temos muito o que conversar.

Ela a levou para uma praça que Valéria não conhecia, pequena e um pouco escondida, na parte antiga. Não era um lugar de muito trânsito, pouca gente passava. Depois Valentina explicou que seu pai a levava ali com frequência, se sentavam naquele mesmo banco e ficavam olhando a fachada da igreja que dava nome à praça, uma igreja estreita e antiga que atraía os poucos turistas que se aproximavam.

– Com o entardecer, a pedra vai mudando de cor, você vai ver. Amarela, laranja, avermelhada, mas muito pouco a pouco. Se você deixa de observar por um segundo, já muda de tom.

Sentadas no banco, observavam a fachada recolhida da igreja, ponteada pelas andorinhas que a essa hora da tarde cruzavam nervosas o céu estreito da praça.

Desde esse dia, aquela se tornou a nossa praça. Onde nos encontrávamos ao sair da escola. E era verdade: enquanto conversávamos, o sol caía lentamente por detrás dos telhados e a pedra gasta se incendiava no mesmo ritmo em que a claridade se apagava até que, justo antes de acabar o dia, ficava um vermelho incrível, como se pudesse continuar brilhando toda a noite.

Primeiro prestaram contas de suas investigações. Valéria contou sua conversa do dia anterior com a mãe, sobre a irmã fantasma e seu momento de confusão.

– Por um momento pensei que éramos duas gêmeas separadas no nascimento!

– Como nos filmes!

Valentina, por outro lado, não havia perguntado nada para sua mãe.

– Desde que papai morreu, ela está deprimida. Mas de verdade, não como uma amiga que reprova em um exame e diz "que deprimente!". A depressão da minha mãe é de verdade, com idas ao psicólogo e remédios.

– Minha mãe também não anda muito feliz ultimamente – contou Valéria, tentando consolar. – Peguei ela algumas vezes com os olhos inchados de ter chorado, apesar de que ela negou e disse que era alergia. Ela está muito angustiada com seu trabalho e, desde que meu pai ficou desempregado, as coisas não andam muito bem em casa. Tivemos que nos mudar e...

Valéria se calou; se deu conta de que nenhum dos problemas da sua mãe era comparável ao de ter um marido morto. Quando se mudaram, sua mãe lhe explicou que era normal que se sentisse triste, porque os psicólogos dizem que uma mudança é também uma experiência traumática, e até comparou mudar de casa com a morte de um ente querido, mas agora a comparação lhe pareceu uma estupidez e não disse nada.

– Em vez de perguntar para a minha mãe, procurei fotos de quando eu nasci. Papai era muito meticuloso em tudo. Tirava as fotos em papel, organizava em álbuns, punha data em todas. Olha.

Mostrou para Valéria a foto de um bebê sorridente, com um desses primeiros sorrisos involuntários que têm os recém-nascidos.

Era eu. Eu via a mim mesma. Eu sei que todos os bebês são parecidos, mas na sala de casa temos um porta-retratos com uma foto minha bebê, rindo assim.

Passaram a tarde contando a vida de uma para a outra a fim de descobrir mais coincidências.

– Com qual idade você começou a andar?
– Quando nasceram os primeiros dentes?
– Quando caiu o teu primeiro?
– Olha, tenho uma cicatriz no joelho, de uma queda quando eu era pequena.
– Eu não tenho. Menos mal. Fui operada de uma otite. E você?
– Não. E eu também não roo unhas – disse Valentina, apontando as unhas roídas de Valéria.

Assim foram encontrando os sete erros, como em um jogo.

Ao anoitecer, as andorinhas se retiraram e foram os morcegos que começaram a andar em volta dos postes de luz. Valéria ligou para casa, disse que tinha que terminar um trabalho com uma colega, com sua amiga Laura, inventada.

– Espera, vamos fazer um questionário – propôs Valéria. – Assim podemos comparar as coisas de que gostamos e que odiamos. Meu pai faz comigo e com meu irmão a cada aniversário e guarda as respostas para comparar com as dos anos anteriores. Se chama "questionário Proust" por causa do escritor que o inventou.

Pegou o caderno e foi escrevendo suas respostas e as de Valentina, em duas colunas, para compará-las.

	Valéria	Valentina
número da sorte	nove	zero
animal favorito	tartaruga	águia
comida que odeia	fideuá*	frango
comida preferida	frango ao curry	fideuá
filmes favoritos	musicais	de terror
música preferida	pop	rock
banda ou cantor/a	Zara Larsson	Rolling Stones
melhor lembrança	reis magos, 5 anos	bicicleta com meu pai
pior lembrança	mudar de casa	a morte do meu pai

– Eu tinha cinco anos, acordei supernervosa, e tinham deixado carvão ao lado da minha cama. Era carvão doce**. Mas quando cheguei na sala, estava toda cheia de presentes!

---

* N.T. Comida típica de Valência, semelhante à *paella*, mas feita com macarrão em vez de arroz.

** N.T. No original, *carbón dulce*, guloseima típica da Espanha na época de Natal.

– Foi quando eu tinha onze anos. Fui com o papai no campo andar de bicicleta. Nos distraímos, confundimos o caminho e nos perdemos, ficou de noite. Tivemos que caminhar duas horas no escuro, empurrando as bicicletas. Ainda me lembro de como brilhavam as estrelas lá no alto.

– Quando o caminhão de mudança estava cheio, minha mãe fechou a porta pela última vez, deu duas voltas na chave e eu comecei a chorar.

– Lembro como se fosse ontem, quando minha mãe foi me buscar na escola para me contar sobre o meu pai. Eu acho que nunca vou ter uma lembrança pior que essa.

Pergunta por pergunta, foram comprovando que a semelhança entre as duas terminava no físico, pois suas respostas mostravam duas meninas muito diferentes.

Mais do que diferentes. Opostas. Como o dia e a noite. Como se ela fosse meu avesso, ou eu o dela.

Riram ao comprovar como eram tão diferentes.

– Você está me zoando. Você disse que gosta de fideuá só porque eu odeio.

– Que nada! É verdade. Eu adoro, minha mãe faz uma deliciosa.

– E aqueles Stones? Quem da nossa idade gosta deles?

– Eu. Escutava com o meu pai.

– Desculpa. Não queria...

– Não tem problema. Além disso, fico feliz que nossos gostos sejam diferentes. Se ainda por cima tivéssemos tudo igual, que horror....

– Espera, faltam as duas mais importantes – avisou Valéria, que mal enxergava para continuar escrevendo.

O sol já tinha desaparecido. A fachada da igreja, avermelhada, conservava um pouco de luz, mas os postes de luz ainda não tinham se ajustado ao outono.

— Sua principal virtude e seu principal defeito – pediu Valéria.
— Minha virtude é a valentia. Minha mãe sempre me disse. Desde pequena, nada me segura. Dessa forma, penso que seu principal defeito será...
— A covardia – sussurrou Valéria. – A timidez, horrível. Morro de vergonha por qualquer coisa. Fico paralisada quando tenho que dar um passo importante, meu coração dispara, fico com a boca seca e vejo tudo através de um túnel. Já a minha principal virtude é a lealdade. Nunca trairia uma amiga. Não me diga que você é traidora como a Marina.
— Não. Meu principal defeito é... a mentira. Sou muito mentirosa. Não consigo evitar.
— Verdade?
— Verdade.
— Não acredito.
— Por que não?
— Porque se você é mentirosa, eu não posso acreditar em você. Então se você não disse a verdade, quer dizer que você não é mentirosa.
— Mas neste caso, sim, sou mentirosa, porque disse a verdade.

As duas riram do trava-línguas que Valéria lembrava ter escutado o pai praticando em um número de palhaço que não tinha nenhuma graça, mas que agora fez com que as duas amigas rissem, quase na escuridão da praça, na frente da igreja já desbotada.

· 17 ·

Naquela noite, em casa, Valéria se lembrava de tudo o que tinha conversado com a amiga na praça. Durante o jantar, seu pai lhe perguntou várias vezes por que estava tão calada. Teve um segundo de dúvida. Decidiu que não queria contar a eles sobre a Valentina, ainda não. Também não tinha clima para isso: sua mãe tinha tido outro dia ruim no trabalho e, ao chegar em casa, tinha discutido com todos. Com o marido, por ter deixado o carro sem gasolina e não ter avisado; também por não ter avisado que na conta do banco não tinha dinheiro; e por também não ter transferido da poupança e, por isso, quando foi pagar a gasolina, não pôde. Tinha também discutido com o Teo, por não ter terminado as lições de casa, gritando com o coitado do menino tudo o que gostaria de ter gritado com o chefe no trabalho. E, apesar de que não tinha motivos, tinha soltado uns gritos com a Valéria quando ela demorou para pôr a mesa.

Agora jantavam com uma espécie de nuvem cinza sobre as cabeças. E Valéria decidiu acrescentar mais uma:

– Me deram um apelido na sala...

– Ah, é? Deixa eu adivinhar... – Sorriu seu pai, que sempre tenta tirar a importância das coisas com alguma piada.

– Palhaça. Sou a palhaça da escola.

Valéria se levantou da mesa empurrando tanto a cadeira, que a deixou cair e foi pro seu quarto. Na verdade, não tinha pensado de novo naquilo desde a manhã, mas agora, ao soltá-lo diante da família, veio a vontade de chorar, que na escola tinha contido. Então se jogou na cama e chorou. Pelo pátio chegavam vozes do apartamento de baixo, onde, na hora do jantar, todos discutiam aos gritos: o pai com a mãe, a mãe com o filho, os irmãos entre si.

Vieram todos ao quarto da Valéria, um depois do outro.

Primeiro o pai, que lhe disse que não tinha do que se envergonhar, que palhaço era um trabalho tão digno como qualquer outro, que não desse bola para aquelas meninas tontas. E arrematou com umas piadas que fizeram Valéria rir.

Risada falsa. Para que me deixasse em paz.

Depois apareceu a mãe, que disse que a entendia, que aquilo era inaceitável, e que pediria uma reunião para dizer ao seu orientador que tomasse providências, ou perguntaria ao coordenador qual era o protocolo da escola, que o assédio escolar era um problema muito sério. Valéria disse que não era para tanto, uma bobagem e, além disso, a autora da pichação já tinha pedido desculpas.

Para tranquilizá-la, porque minha mãe era capaz de chegar até o presidente.

E, por último, Teo, que foi o único que tocou a tecla adequada:

— São umas idiotas, não lhes dê atenção, mana. Merecem um chute na bunda. Mas veja pelo lado bom: se já te colocaram um apelido, você já fica com esse pra sempre, não vão inventar outro mais cruel. Melhor ser palhaça que Dumbo, que é do que me chamam.

É verdade que meu irmãozinho tem as orelhas um pouco grandes. Mas que raiva eu tenho de apelidos. Quem inventa não sabe o dano que causa. Eu fui a "mudinha" do Infantil até o segundo ano do Fundamental, e quanto mais me chamavam de "mudinha", menos forças eu tinha para falar.

Quando ficou sozinha, olhou o celular. Tinha vontade de compartilhar com alguém o que estava acontecendo com ela. Com a Laura, com a sua amiga Laura. Uma boa conversa, dessas superlongas que no final sua mãe tinha que mandar desligar. Falar de tantas coisas que não tinha sido possível contar nos últimos tempos. As boas: o descobrimento da Valentina e aquele menino que a observava no corredor. Também as coisas ruins: as que engolia ao chegar em casa, quando os pais perguntavam como tinha sido o dia e ela sorria e dizia "bem"; dizer como se sentia sozinha na escola; como não gostava da casa nova; como estava cansada dos pais mudarem sua vida sem consultar sua opinião; contar o medo que tinha de que acabassem se divorciando de tanto que brigavam; o quanto sentia falta de suas amigas antigas. O quanto sentia falta dela, da Laura.

Checou o celular. Viu que a última mensagem da Laura era da semana anterior. Uma semana inteira! Antes não passavam nem uma hora sem se falar ou escrever, além de se ver todos os dias nas aulas. Tomavam lanche muitas vezes juntas à tarde e no fim de semana combinavam de uma ir dormir na casa da outra. Mas já no verão se viram pouco, e agora não moravam perto. E piorou com o começo das aulas.

Abriu o Instagram da Laura. Fotos com amigas, algumas que ela conhecia da escola ou do bairro, outras que eram novas. Fotos de um aniversário. Fotos na piscina. Fotos de todas juntas fazendo biquinho, rachando de rir. Fotos na quadra de basquete. Olhava as fotos como se em qualquer momento fosse ver a si mesma, porém, não encontrando, sentia falta, como se a tivessem apagado.

Viu o contato da Laura no telefone. Aproximou o dedo do símbolo para ligar, mas não apertou. Checou o grupo de mensagens que tinha com outras amigas até o ano passado, e que agora fazia um mês que ninguém postava nem mesmo um emoji triste. Com certeza elas já tinham outro grupo, com as novas amigas. Da mesma forma que Natália, Marina e o resto da sala também tinham seu grupo e não a tinham adicionado.

Pensei que neste momento estariam falando de mim. Minha cara ardia só de imaginar. Estariam escrevendo sobre mim, fazendo piadas sobre a menina palhaça e seu pai palhaço, postariam fotos minhas editadas com nariz vermelho e peruca.

Valéria se esticou na cama, pegou o caderno e releu as respostas da Valentina. Também se lembrou de tudo o que tinham contado uma para outra naquela tarde. Valentina gostava de praticar esportes; Valéria odiava Educação Física. Ela era boa leitora; a outra só lia quando obrigavam na escola. Valentina tirava nota máxima em Matemática; Valéria, em Gramática e Inglês. Valéria tinha escolhido Valores; Valentina, Religião.

Imaginou a si mesma com as mesmas preferências e ódios, com a mesma virtude e defeito. Valente e mentirosa.

· 18 ·

No dia seguinte, a palhaça chegou atrasada na aula. Teve que bater na porta e sentir todos os olhares sobre ela até chegar na sua mesa, sobre a qual alguém tinha deixado um nariz vermelho de plástico que a palhaça guardou depressa, escutando as risadas no fundo da sala.

A palhaça passou a manhã distraída, como depois pôde comprovar o professor de Matemática:

– Estamos esperando, Valéria.

– ...

– Valéria!

– Quê? Desculpe, eu...

Entre as risadas dos colegas de classe se escutou bem alto um "palhaça" lá da última fileira, que provocou gargalhadas maiores.

Entre uma aula e outra, a palhaça ficou sentada, apagando com o dedo e saliva os últimos pedaços da pichação na sua mesa. Não dirigiu uma palavra a Marina durante toda a manhã.

Na hora do recreio, a palhaça decidiu que não iria disfarçar escondendo-se no banheiro ou indo de um lado para outro no pátio para que não a vissem sozinha. A palhaça se sentou em uma muretinha ao lado do campo de futebol para comer um sanduíche.

A palhaça deu uma boa olhada no pátio, de ponta a ponta. Dava para distinguir bem os estudantes de um ano e de outro. Os do primeiro ano, recém-chegados à escola, ainda saíam ao pátio com a lembrança de tantos recreios infantis do Fundamental. Alguns jogavam futebol ou basquete, outros batiam papo em panelinhas, mas por qualquer coisinha corriam um atrás do outro, ou faziam alguma piada que implicava correr um pouco, subir em algum lugar, fugir de alguém que te persegue. Os do último ano, no entanto, já não tinham mais essa comichão. Já tinham gastado essa energia em anos de Ensino Médio e, agora, arrastavam os pés, se sentavam logo que saíam para o pátio, se entretinham com os celulares, cochichavam com namorados e namoradas, fumavam na parte dos fundos ou saíam para a rua; eles que podiam. E depois estavam os de anos intermediários, como a palhaça, que se sentiam em terra de ninguém, tanto com vontade de brincar como de se sentir mais velhos e demonstrar que o eram, mas, na verdade, sem se sentirem satisfeitos nem de um lado nem de outro. Acontecia a mesma coisa com a palhaça em casa. Tinha vezes que o Teo a convidava para brincar de alguma coisa, como sempre fizeram, um jogo de mesa ou qualquer bobagem que terminava com os dois no chão dando risada. Mas algo travava a palhaça, que engolia a vontade e acabava dizendo "não" ao seu irmão, que insistia e reclamava, até que terminava indo jogar com o pai ou a mãe, decepcionado com essa irmã que ultimamente já não reconhecia, como se tivessem lhe dado um golpe.

A palhaça se enteteve com esses pensamentos naquele recreio, até que de repente sentiu que alguém a observava. Virou a cabeça para a esquerda e viu que a poucos metros dali, na mesma muretinha, tinha mais alguém sentado. E olhava para ela.

Em qualquer outro dia eu estaria morta de vergonha. Entretanto, nesse dia eu me sentia tão mal que, em vez de olhar para o outro lado, sorri.

Era aquele menino. O da sala da frente, com quem trocava olhares no corredor desde o início das aulas.

Por que você não conta de uma vez e deixa de mistérios?

A Valéria já o tinha visto outros dias no recreio. Não era exatamente dos mais populares da escola, parecia bem tímido, mas pelo menos tinha uma turma de amigos. Ele se juntava com vários que também não combinavam muito, mais atiradinhos do que ele. Dos que não ficam travados para falar com uma menina.

Dava para ver que ele estava mais assustado do que eu. O que já é grande coisa.

Valéria sorriu do seu lado da muretinha. O menino devolveu o sorriso, mas logo olhou para outro lado, para os que jogavam basquete. Era necessário que um dos dois se aproximasse, dissesse algo, mas aquilo parecia um concurso para ver quem tinha mais vergonha. Ficaram assim o recreio todo, cada um em uma ponta da muretinha, conscientes de que estavam juntos, mas sem dirigir a palavra. Até que tocou o sinal e se despediram com um sorriso de soslaio.

Desde esse dia, já não somente se olhavam no corredor entre as aulas, mas também se viam no pátio, todas as manhãs, no mesmo lugar, e cada um se sentava em um lado da muretinha, sorriam como se estivessem se cumprimentando, comiam o lanche e nada mais. Alguns dias era Valéria quem se levantava e ia embora antes do horário para ver se o outro dizia alguma coisa. Outros dias, era o menino que não esperava até o final do recreio porque seus amigos o chamavam para jogar futebol.

Passaram uma semana assim, sem dirigir-se a palavra, até que, em uma manhã, finalmente...

Espera, espera. Não vai tão rápido. Agora tá com pressa de contar essa parte? Não pule os dias, porque tem mais coisas que aconteceram.

· 19 ·

Todas as tardes, depois das aulas, Valéria ia para a praça onde se encontrava com seu duplo. Dizia para os pais que ia um pouco para a biblioteca para fazer suas lições de casa e pôr as matérias em dia. Mas, na verdade, fazia tudo correndo, antes ou depois de estar com a Valentina.

Nessas primeiras tardes, ainda passavam falando sem parar, contando das suas vidas para encontrar mais coincidências, ainda fascinadas pela estranheza de ter se encontrado no ponto de ônibus. Por exemplo, repassaram os lugares onde haviam estado para ver se poderiam ter se cruzado alguma vez. Começaram pela creche, mas cada uma estava morando em um canto diferente da cidade. Depois, no Fundamental, a mesma coisa. As excursões escolares, museus, zoológico, uma fazenda-modelo. Nada.

Lugares que haviam estado com seus pais, desde o supermercado habitual até bares, e lugares de férias, é claro. Mas não tinham coincidido em nenhum lugar até agora.

– Nos teriam reconhecido. Mas nunca aconteceu – disse Valéria.

– Não sei – duvidou Valentina. – Agora me lembro de que algumas vezes alguém falou comigo na rua, me perguntou alguma coisa ou me cumprimentou como se me conhecesse, e eu pensei que tinham se confundido, mas agora entendo: pensaram que eu era você.

Quantas vezes aconteceu a mesma coisa comigo. Lembrando: gente que sorria para mim pela rua, dando tchau ou até me perguntando como eu estava indo na escola. E eu achando que eram simpáticos, quando o mais provável era que eles acreditassem estar falando com outra menina. Uma vez uma senhora me cumprimentou na rua e ficou olhando com estranheza para o meu pai, que estava de mãos dadas comigo. Quando me escutou dizendo "papai", a senhora fez uma cara feia, lembro bem.

Também ficavam especulando sobre a causa de sua semelhança incrível:

– Eu li algo sobre roubos de bebês – contou Valéria. – Pelo visto houve muitos casos, mães cujos filhos lhes foram roubados no nascimento, mas que foram enganadas de que eles tinham morrido no parto. Davam as crianças para famílias ricas que não podiam ter filhos, pagavam até médicos e freiras para ficarem com esses bebês.

– Você acha que nós?...

– Acho que não. Conhecendo a minha mãe, não poderiam enganá-la tão facilmente.

– A minha é meio distraída – disse Valentina. – Talvez estivesse grávida de gêmeas e no parto disseram que uma das duas tinha morrido e...

– Você está insinuando que meus pais seriam capazes de roubar um bebê, de pagar para ter uma filha?

– Calma, não fique irritada...

– Se fosse isso, seriam os seus pais, porque os meus podem sim ter filhos. Tem o Teo... Além disso, que bobagem. Os roubos de bebês aconteciam muito tempo atrás. Quando a gente nasceu, isso já não acontecia mais.

– Talvez a gente tenha o mesmo pai, só que de mães diferentes. É, não me olhe assim. Imagina que seu pai... teve um lance com a minha mãe e deixou ela grávida. Ou ao contrário: meu pai se envolveu com a sua mãe, e depois seu pai resolveu assumir você como filha. Essas coisas são muito normais, não acontecem somente nos filmes. Os adultos se traem com frequência, põem chifres. Você se parece com o seu irmão?

– Não muito. Para não dizer nada.

– Então é isso.

– Tá com a doença da cabra louca hoje?

– Irmãzinhaaaaaa – disse Valentina, imitando o berro de uma cabra, e as duas riram com vontade.

– Além do que nem sequer nascemos no mesmo dia, né? – perguntou Valéria.

– Você vai contar para os seus pais?

– Não. Não sei. Acho que não é um bom momento. Estão muito estranhos ultimamente. Discutem muito, mais do que nunca, desde que mudamos. Só falta uma história assim para que minha mãe pense que meu pai a traiu e deixou outra mulher grávida, ou que meu pai pense que ela teve um rolo com o seu pai... Você percebe o rebuliço que nós criamos sozinhas?

As gargalhadas e os berros de cabra ressoavam na praça silenciosa, e mal se ouvia o ruído de tráfego nas ruas paralelas. Fizeram silêncio por um tempo, sentadas no banco, até que Valéria falou:

– Nunca imaginei que poderia ter um duplo.

– Ei, bonitona, não se confunda: eu não sou o seu duplo. Você é o meu duplo.

– Nada a ver. Lembre que nasci antes. Em maio.

– E eu em abril.

– Você me disse junho.

– Eu menti. Já te disse que sou um pouco mentirosa. Não consegui evitar.

– Que dia você nasceu? Diga a verdade.

– Que importância tem? Não vamos discutir quem é o duplo de quem. Somos as duas originais. Só que somos parecidas.

– Não somos parecidas. Somos idênticas. E isso é alucinante – disse Valéria.

– Tem um lado bom. Se uma de nós duas chega a ser famosa, a outra pode ganhar a vida sendo dublê. Eu vi em um programa da TV: tem gente que se parece muito com um jogador de futebol, uma atriz ou um cantor, e eles são contratados para festas pra conter os fãs enquanto o ídolo de verdade fica em casa tranquilo.

– Feito. Quando eu ficar famosa, vou chamar você pra ser meu dublê.

– Ou eu é que chamarei você.

Ficaram ali olhando a igreja, em silêncio. O dia estava muito nublado, não havia mudanças de cores na fachada, que estava cinza desde que chegaram.

– Vem, vamos comprovar. – Valentina se levantou e a puxou.

– Comprovar o quê?

– Se somos idênticas de verdade.

– Você tem dúvidas?

Valentina começou a andar por um calçadão, cheio de lojas e de gente. Valéria ia uns metros atrás, pensando que em qualquer momento poderia encontrar os pais que de vez em quando faziam compras por ali. Ela teria uma tarefa dupla: explicar o que fazia ali e não na biblioteca; e contar sobre aquela menina inexplicavelmente idêntica.

Finalmente, Valentina parou em uma esquina e apontou uma loja. Uma papelaria antiga, com uma fachada de madeira e uma placa desgastada.

– Meu pai me trazia muito aqui. Ele gostava de desenhar, desenhava o tempo todo. A igreja, por exemplo, tenho um caderno cheio de desenhos que fazia quando nos sentávamos na praça. Nessa loja ele comprava lápis de cor, lápis carvão, papel. Não voltei aqui desde que meu pai morreu, mas o dono deve se lembrar de mim.
– Vamos entrar? – perguntou Valéria, em voz baixa.
– Não. Você é quem vai entrar.
– Quê?
– Anda e compra alguma coisa, um lápis, o que você quiser. Assim podemos comprovar se somos realmente idênticas.
– Não vou entrar! Claro que somos idênticas, olha pra gente. – E puxou o braço da Valentina para que se vissem no reflexo de uma cafeteria. Lá estavam as duas, apesar de que de imediato Valéria duvidou: naquele dia ela usava saia e a outra moletom. Valentina tinha prendido o cabelo. E se não fossem tão iguais como elas achavam?

Aceitou a proposta. Valentina ficou na esquina e Valéria entrou na loja. Em condições normais, entrar para comprar alguma coisa seria algo inofensivo, mas ela sempre teve um pouco de vergonha disso. Como qualquer coisa que implicasse falar com desconhecidos, intervir em público, responder na aula ou ligar para qualquer lugar por telefone. Essa maldita timidez. Mas agora entrou com passo firme na papelaria: fingiu que nesse momento não seria Valéria, e sim Valentina, e se sentiu segura, valente. Uma Valentina valente. E mentirosa, sim.

O interior era ainda mais antigo do que a vitrine. As paredes estavam revestidas de madeira escura, o chão parecia muito desgastado, e por todos os lados havia estantes que pareciam estar a ponto de cair pelo peso das caixas, cadernos, rolos de papel. O atendente estava atendendo uma mulher, e então Valéria ficou perto da porta. E daí ela viu.

Na parede, perto da vitrine.
Um desenho, a carvão, em uma tela grande.
Um retrato.
Dela. Da Valentina. Da Valéria.

Era eu, uns dois anos atrás. Não era somente a semelhança física: era a expressão. Esse meio sorriso sem mostrar os dentes é muito meu, tenho um montão de fotos assim. Aquele retrato estava pendurado de tal maneira, que se via da rua. Quantas vezes eu tinha passado por ali com meus pais. Se tivéssemos parado para olhar essa vitrine, que surpresa, que susto.

Ficou nervosa. Por que Valentina não tinha avisado daquele desenho? Olhou a assinatura: J.T. Seu pai tinha feito o desenho?

– O que deseja, jovem? – perguntou o homem, sem olhar para ela, enquanto guardava alguns pincéis.

– Eu... queria... um lápis – balbuciou, sem se aproximar. Voltava a ser a Valéria, adeus valente Valentina.

O dono comprimiu os olhos ao vê-la, parecia tão velho como a loja. Não havia muita luz ali dentro, e a que entrava de fora devia estar ofuscando-o um pouco.

– Que tipo de lápis? Normal? Um HB ou algum especial?

– Um HB está bom.

– Aqui está. – O homem deixou o lápis vermelho e negro sobre o mostrador.

Valéria não tinha outra alternativa senão aproximar-se para pagar.

Deixou uma moeda no mostrador, sem levantar o olhar. Ele pegou, deu o troco, e ela se virou, buscando a porta depressa.

– Espera – disse o homem.

Valéria já tinha agarrado a maçaneta. Paralisada.

– Você está esquecendo o lápis.

Refez os seus passos, cabeça abaixada e, ao pegar o lápis, o homem pôs sua mão sobre a dela. Uma mão antiga, como tudo ali dentro, cheia de veias azuladas e manchas de idade.

– Como está sua mãe? – sussurrou o velho.

– Minha mãe... bem... Bom... Um pouco... deprimida.

– Mande um beijo grande da minha parte. Cuide bem dela.

Valéria sorriu, mas um sorriso estranho, que não era seu: percebeu que estava imitando a Valentina, o mesmo sorriso triste que ela fazia quando falava do seu pai.

· 20 ·

E SE SOBRAVA ALGUMA DÚVIDA DA SUA INCRÍVEL SEMELHANça, tudo se resolveu dois dias depois, a caminho da biblioteca. Estava chovendo, se encontraram na praça debaixo de uma marquise. Não podiam se sentar em seu banco e, além disso, estavam atrasadas com as lições de casa, então foram para uma biblioteca próxima.

No caminho, grudadas aos edifícios para não se molharem, Valéria parou de repente.

– Que foi? – perguntou Valentina.

– Nada, espera um pouco, tá chovendo muito – respondeu Valéria, puxando a amiga para a entrada de um edifício.

– A mim você não engana. Quem você viu?

Vinha vindo, lá do final da rua, um menino, mochila no ombro. Valéria apontou para ele, falou baixinho:

– É um menino da escola. Não é da minha sala...

– É bonito. – Valentina sorriu.

Não é preciso que eu conte para vocês quem era esse menino que caminhava despreocupado na direção delas.

Acho que já descobriram, não é necessário que você reconstitua...

– Quer que eu diga alguma coisa para ele? Posso fingir que sou você – disse a Valentina sorridente, que já tinha percebido como a Valéria estava ficando nervosa.

– Nem se atreva. Eu jamais te perdoaria.
– Relaxa. Fica aqui. Só vou atravessar na frente dele, assim fazemos outro teste.
– Eu não preciso de mais testes.
– Confia em mim. Fica aqui, não deixa ele te ver.

Valéria obedeceu porque não tinha um plano B: se saísse de trás da Valentina para impedi-la, o menino as veria juntas e seria pior. Dessa forma, encolheu-se perto da portaria de um prédio e viu como a amiga começava a andar na direção daquele menino que estava de fone de ouvido e parecia distraído.

Ele só percebeu quando chegou quase ao seu lado. Sentiu um calafrio. Valentina pôde ver da portaria como a cara dele mudava. Dali, somente via as costas da Valentina, não sabia se ela sorria ou imitava sua timidez, mas o que viu com clareza foi o sorriso dele. Ele não se deteve, mas caminhou mais devagar. Então se cruzaram, ele deu um oi com a mão e um sorriso tenso. Depois o menino virou para vê-la, continuou andando, mas sem deixar de olhar para trás. Da portaria, escondida, Valéria viu a cara do menino, a expressão de felicidade que tinha ficado na cara dele depois de cruzar com ela.

Ah, vai. Não foi pra tanto, exagerado.

– Ele gosta de você – afirmou Valentina segundos depois.
– Que nada!
– Ele está ligadão em você. Vai na minha. Até eu quase me apaixono só pelo jeito que ele me olhou.
– Não se atreva! – Riu Valéria, mais relaxada e contente.

Na biblioteca, Valéria pediu para Valentina dar uma ajuda a ela com Matemática, e ela propôs um trato que, dali em diante, usariam quase diariamente:

Eu faço tuas lições de Matemática e você faz as minhas de Gramática e Inglês.

– Eu assino embaixo. – Sorriu Valéria, e fez um rabisco no papel. – E de quebra você podia fazer a prova por mim.

– Muito bom! Ninguém iria perceber.

– Tá louca. Era uma brincadeira.

· 21 ·

O ENCONTRO NA RUA COM O MENINO FOI A DESCULPA PARA que, no dia seguinte, finalmente ele se atrevesse a falar com Valéria. Ela tinha se sentado na muretinha do pátio, comia seu sanduíche enquanto assistia ao jogo de basquete. Então ele chegou e, em vez de sentar-se no outro lado, se aproximou.

– Oi – disse, sorridente.

Valéria, que não o tinha visto chegar, tomou um susto e quase se engasgou; estava com a boca cheia da última mordida, não podia nem falar. Ele riu.

– Relaxa, não vai se afogar.

– Desculpa... não tinha te visto.

– Você se importa se... eu me sentar aqui com você?

– Não...Quer dizer, sim... Ou seja, não... não me importo... – balbuciou Valéria, um pouco nervosa.

Um pouco nervosa? Se eu estivesse em um desses livros de escolher o final, e no final da página dissesse "Se você quiser ficar conversando com o menino, vá para a página 84...", teria fechado o livro de repente, saído correndo e não pararia até chegar em casa e me enfiar debaixo da cama. O coração queria sair pela boca, junto com o pedaço de pão que eu não conseguia engolir.

– Me chamo Simón – disse, e se sentou do lado dela.

– Eu... – Ainda meio engasgada, Valéria tentou completar uma frase, dizer o nome, mas mal abriu a boca e escutou outra voz à sua esquerda.

– Oi, Valéria! Interrompemos algo?

Agora eu não teria saído correndo. Na verdade, eu teria pulado em cima dela e despenteado todo o seu cabelo! Ela que sempre andava tão penteadinha, como se acabasse de sair do cabeleireiro, dessas que levantam uma hora antes toda manhã para se pentear, maquiar e chegar perfeitas na escola.

Você adivinhou: era a Natália. Acompanhada por duas meninas que sempre andavam com ela como um cortejo fúnebre. Natália sorria, braços cruzados, e Valéria iria dizer uma coisa, mas foi Simón que falou primeiro:

– Eu vou nessa... – E saiu em passos rápidos, morto de vergonha.

– Escuta, Valéria – começou Natália, que se agachou para falar mais de perto. – Eu queria te pedir desculpas.

– Desculpas?

– Sim. Não foi legal o que a gente fez aquele dia. Nós não queríamos rir de você nem do seu pai.

– Eu... – Valéria não era capaz de completar uma frase sequer.

– Ser palhaço não é ruim. Não é para sentir vergonha. É tão respeitável como ser... Não sei... Malabarista ou trapezista. Ou domador!

Suas duas escudeiras soltaram uma gargalhada. Valéria com o sorriso congelado.

Nojenta. Nojenta, mil vezes nojenta. Nojenta, nojenta, nojenta, nojenta, nojenta...

– Agora, sério – disse Natália com expressão séria. – Queria te pedir uma coisa.

Eu tinha que ter mandado ela à merda, mas eu não me atrevia, continuava com meu sorriso de tola. Covarde, sou uma covarde.

– Olha só – continuou Natália –, estamos organizando uma festa neste sábado, na minha casa. É o aniversário do meu irmãozinho, mas eu posso convidar as amigas que quiser. E eu gostaria que você fosse.

– Eu? – perguntou Valéria muito surpresa.

Além de covarde, burra. Sou uma burra. Burra, burra, burra.

– Sim. Gostaria que você viesse... com o seu pai.

As outras duas, que esperavam por esse momento, racharam de rir. E Valéria conseguiu, finalmente, parar de sorrir. Iria dizer alguma coisa, mas não conseguiu interromper Natália.

– Mas diga que venha com a roupa de trabalho, porque meu irmão e seus amigos vão adorar.

As três foram embora, e Valéria ficou lá, sentada, irritada.

Irritada? Cheia de ódio. Não só da Natália. Do meu pai também, mesmo sabendo que ele não tinha culpa, que estava fazendo todo o possível. E de mim mesma, por ser tão burra, por não ter conseguido responder à Natália como ela merecia. E obviamente da Marina, a traidora.

Mas, bem nesse momento, Marina apareceu, com cara de cachorro molhado com medo de levar bronca.

– Oi, Valéria. Posso falar com você?

– Se você vem pra fazer a piada da festa, chegou tarde. Suas amigas já se adiantaram.

– Não são minhas amigas. Era isso que eu queria falar.

– Não são suas amigas?

– Desculpa – disse Marina, sentando-se ao lado.

Se estava disfarçando, fazia isso muito bem. Tinha cara de arrependida. Então Valéria decidiu dar uma oportunidade a ela e a escutou.

– Desculpa. Fui uma idiota por contar a elas sobre seu pai. Eu queria ficar bem na fita com elas para fazer parte da turma; eu também sou nova, como você. Eu falei mais do que devia, não sabia que usariam isso para te machucar. Fui idiota. E tem mais: fui eu que escrevi na sua mesa. Foi a Natália que me pediu, e eu entendi que era um teste para comprovar que eu era uma delas. E eu fiz. A típica estupidez que fazemos por medo de ficarmos fora do jogo, de que nos virem as costas, e de ser a próxima vítima. Que idiota eu sou. Sinto muito.

– E por que não são mais amigas?

– Porque eu não sou como elas. Nem quero ser. E pelo meu pai. Eu já te contei que ele está desempregado. Elas já estavam me deixando um pouco de fora porque eu não posso andar no ritmo delas. Minha família não pode me dar dinheiro para ir ao Burger todos os fins de semana e menos ainda ao parque de diversões, como elas fazem. Terminei contando a verdade para elas, que meu pai está desempregado. E sabe o quê? Começaram a fazer piadas também sobre ele: de por que ele não se juntava com seu pai e formavam uma dupla de circo.

– Então você está sem nenhuma turma – disse Valéria, sem sarcasmo. Na verdade, ela gostava da Marina e tinha pena de vê-la assim.

– Sim, mas estou melhor sem elas.

– Podemos formar uma turma de perdedoras.

– Não somos perdedoras.

– Ou uma turma de palhaças. Se seu pai quer trabalhar, o meu pode conseguir uns aniversários pra ele e ensiná-lo a ser palhaço.

As duas deram risadas apenas pela necessidade de rir, mas também pela alegria de se reencontrar.

· 22 ·

Na sexta-feira, dia de prova de Matemática, Valéria saiu de casa como todas as manhãs. Pegou o ônibus na hora de sempre, desceu no mesmo ponto de todos os dias. Mas, em vez de caminhar para sua escola, se dirigiu até o outro lado da avenida.

Chegou na porta da outra escola. Por fora, parecia a sua. A grade, o edifício de azulejos, o pátio com cestas de basquete e traves de futebol, os estudantes entrando depressa porque já tinha tocado o sinal.

– Oi, Valentina – disse uma menina ao passar do seu lado.

– O... Oi – respondeu Valéria em voz baixa.

– Vamos? Ou você vai ficar aí parada a manhã toda?

– Já... já tô indo. Não espere por mim. Tenho que... fazer uma ligação.

Valéria ficou na calçada, na frente da porta. Cumprimentou de volta várias meninas e meninos, depois entraram os preguiçosos que sempre chegavam atrasados. E quando viu que o bedel vinha até o portão para fechar, Valéria se afastou depressa.

Sim, aquela era a escola da Valentina. Mas a Valéria não se sentia capaz de cumprir sua parte do trato. Medo demais.

O trato que a Valentina tinha proposto, na tarde anterior, enquanto estudavam juntas na biblioteca. Valéria não conseguia entender as equações, estava desesperada e acabou dizendo, meio de brincadeira, meio de verdade:

– Uff, não consigo. Estou quase pedindo que você faça a prova no meu lugar.

Como que meio de brincadeira? Totalmente de brincadeira! Me parecia uma loucura aquilo.

Entretanto, Valentina levou a sério:
– Trato feito. – E apertou sua mão.
– Que trato?
– Amanhã, eu vou para a sua escola e faço a sua prova para que você passe. E você tem que ir para a minha escola para que não me deem falta.
– Mas...
– Vamos! Vai ser divertido.
– Não acho divertido. Acho... perigoso.
– Ninguém vai perceber. Prometo ser envergonhada como você. Vou falar em voz baixa e vou tentar ficar vermelha se aquele menino bonito do outro dia me olhar. Só te peço uma coisa.
– O quê?
– Que você não seja tão tímida na minha sala. Eu não falo sussurrando. E nem sou a mais popular da escola, mas... digamos que tenho facilidade para as relações sociais.
– Você está louca.

Louca, não. Louca como uma cabra. E eu também, por acabar aceitando. Me arrependi assim que me despedi dela, a caminho de casa. Liguei várias vezes, eu a bombardeei de mensagens para voltar atrás com o plano, mas ela me disse que trato é trato e que estava decidida a ir à minha escola no dia seguinte, então era melhor eu não ir e cumprir minha parte no trato.

Então, lá estava a Valéria. Na escola da Valentina, incapaz de cumprir com a sua parte do acordo. E não era porque não tinha ensaiado em casa, no espelho, várias vezes. Olhava para si mesma e brincava que não era a Valéria, e sim a Valentina. Falava com voz mais alta, com segurança, sorria sem timidez. Mas esses ensaios não adiantavam nada, descobriu assim que saiu de casa. E foi assim que aconteceu: foi incapaz de entrar e passou a manhã na praça onde se encontravam, sentada em um banco, olhando a igreja que, nessa hora do dia, não mudava de cor.

Foi lá que encontrou a Valentina no final das aulas. Bastou que ela olhasse para sua amiga Valéria para saber o que tinha acontecido.

– Você não teve coragem.

– Sinto muito. Não consegui. Eu sou a covarde, lembre-se.

– Está tudo bem. Eles estão acostumados que eu falte de vez em quando. Desde que meu pai morreu. Mas você me deve uma. Fiz uma prova nota máxima pra você.

– Jura? Me conta como foi tudo.

– Foi tudo perfeito. Cheguei e entrei como eu acho que você faz todos os dias: sem cumprimentar, diretamente para a minha mesa, olhando o chão.

– Sim, é assim que eu faço.

– Fui tão diretamente, que eu me confundi de mesa. Não contei bem as fileiras e me sentei na frente. Quando chegou o menino que sempre se senta lá, fingi que eu estava morta de vergonha. Só faltou que eu desmaiasse.

– Não é pra tanto. – Riu Valéria.

– A primeira aula era de Inglês. Você sabe que não é o meu forte, mas por sorte o professor não me perguntou nada. Depois tinha Educação Física, e aí é que foi mais difícil imitar você. Não é fácil fingir que se é desajeitado. – Riu.

– Tonta!
– E finalmente chegou a hora da prova. E daí o show acabou. Pensei em fazer a prova e deixar um erro para que não suspeitassem de nada, mas disse para mim mesma: vamos, afinal estou aqui para fazer uma superprova para ela. E então eu fiz.
– Obrigada. E o recreio? Como foi?
– Ah, tudo bem. Fiquei com aquela sua amiga, a Marina. Muito simpática, apesar de que também é um pouco travada, né?
– Ela não desconfiou de nada?
– Nada. Como se eu fosse você. Me contou alguma coisa, não sei o que, que tinha acontecido no dia anterior no pátio, e eu fui dando corda porque não sabia do que ela estava falando. Ah, e eu vi seu namorado.
– Não é meu namo... Você viu ele? Ele te viu? – Valéria se alterou.
– Sim, mas relaxa. Não me joguei nos braços dele, tipo filme, para beijá-lo no meio do pátio. Nos encontramos ao sair pro recreio, me deu um oi e eu abaixei a cabeça e fiz aquela cara de "quero que a terra me engula".

As duas riram com vontade. Mas Valéria ainda queria saber uma coisa.
– E a Natália?
– Que Natália?
– Ela não te disse nada? É a chata da escola.
– Ah, aquela... Não... Nada, nem nos encontramos.

· 23 ·

"Nem nos encontramos", né? Ah, tá bom. No dia seguinte, quando entrei na sala, todos os olhares se viraram para mim. Inclusive a Natália. Ou principalmente a Natália, que me olhou do fundo da sala como nunca tinha me olhado antes, de um jeito que parecia um desprezo infinito.

Quando me sentei, a Marina me atualizou:

– Não se fala de outra coisa. Todo o corredor do segundo ano já sabe.

– O quê?

– Como o quê? O teu lance com a Natália.

– Eu com a?...

– De ontem, boba. Foi o máximo. Ela mereceu muito.

Eu queria saber do que a Marina estava falando, claro, mas não podia perguntar muito. Todos pensavam que era eu quem tinha estado na aula no dia anterior e, portanto, era eu quem tinha dito ou feito alguma coisa para a Natália, razão pela qual agora todos cochichavam na sala.

Virei para ver a Natália que, para minha surpresa, não conseguiu me encarar, e foi ela quem desviou os olhos.

Entre uma aula e outra, uns colegas se aproximaram e me disseram em voz baixa:

– Muito bem, Valéria.

– Alguém tinha que dar uma lição nela.

Mas que lição? O que eu tinha feito? Quer dizer, o que a Valentina tinha feito?

Na hora do recreio, Marina e eu fomos nos sentar na muretinha para comer o lanche. Passamos do lado da Natália e sua turma e daí, sim, ficou olhando firme para mim, e eu vi algo muito grave no seu olhar. Tanto que eu até fiquei com vontade de pedir desculpas pelo que quer que tenha feito o meu duplo para ela.

No recreio, a Marina não parava de lembrar como tinha sido bom o dia anterior e, por mais que eu tentasse descobrir com indiretas, não consegui nada. O Simón também se aproximou, mas achei que estava mais travado, talvez surpreso pelo que "eu" aparentemente tinha dito para a Natália. Somente se aproximou, sorridente, e me disse que me achava impressionante. Disse assim: "O que você fez ontem foi impressionante". E foi embora.

De volta à aula, a Natália me fechou na escada. Me assustei. Depois de como ela tinha me olhado um pouco antes, pensei que era capaz de me empurrar escada abaixo. Mas foi o contrário: agora seu olhar era mais manso, e falou em um tom relaxado, nada típico dela:

– Valéria... Escuta... Nós duas começamos com o pé esquerdo. Aquela vez que eu te perguntei se você tinha se confundido de ano... E depois sobre o seu pai... queria te dizer que... eu gostaria que a gente se desse bem.

– Ah, excelente – falei, impressionada.

– É um absurdo que nós estejamos... brigadas... De qualquer forma, vamos ter que passar todo o ano juntas. Melhor que seja de bem. Ou pelo menos não tão de mal, não acha?

– Claro – respondi, aparentando autoconfiança e levantando a voz como eu acreditava que a Valentina tinha feito no dia anterior.

Na saída eu corri, não para a praça, e sim para a escola da Valentina; queria encontrá-la o quanto antes. Ela me viu chegar e fugiu, andando depressa para se afastar da porta. Quando eu finalmente a alcancei, falou irritada:

– Você está louca? Aqui podem nos ver juntas, todos me conhecem e não sabem que...

– O que aconteceu ontem com a Natália?

– Quê? Ah, aquela...

– Você me disse que não tinha acontecido nada.

– E não aconteceu nada. Bom, quase nada.

– O que você fez pra ela?

– Não fiz nada.

– O que você disse?

– Nada. Quase nada. É só que... essa mina é insuportável.

– Isso eu já sei. Mas me conta o que você...

– Eu só a coloquei no seu devido lugar. Ela estava implorando pra que alguém fizesse isso. Eu até lhe fiz um favor, algum dia vai me agradecer. Bom, vai agradecer você. Não se pode seguir assim na vida, tratando os outros como se fossem lixo. Você vai ver como a partir de agora...

– Você não vai me contar?

– Não. Na verdade, nem me lembro bem. Acontece comigo quando eu me irrito, falo e falo e nem penso sobre o que estou falando. Ela estava se fazendo de engraçadinha e me disse alguma coisa, mas eu dei uma resposta. Ela falou mais uma coisa, e eu respondi de novo. Ela me tratou mal e eu...coloquei ela no seu lugar. Com o azar de estarmos em aula e todos foram testemunhas. Azar pra ela, é claro.

· 24 ·

Essa tarde eu cheguei em casa eufórica. E, ao mesmo tempo, um pouco assustada. Não que eu tivesse me tornado a menina mais popular da escola, mas eu estava impressionada pelo modo como meus colegas tinham me olhado. Eu estava também assustada, porque eu não me sentia capaz de corresponder às expectativas nos dias seguintes. Eu não era a Valentina. Eu continuava sendo... covarde.

Ao entrar, papai estava sentado na sala. O sol já tinha ido embora, mas ele não havia acendido a luz, de modo que ele estava sentado em uma poltrona, quase no escuro, e nem me escutou chegar. Eu me aproximei e vi que ele estava fantasiado. Com suas calças chamativas, os sapatos enormes, o paletó colorido, a gravata-borboleta. Ele tinha tirado o chapéu e a peruca, tinha o cabelo grudado de suor. Qualquer um que chegasse em casa e encontrasse um palhaço na sala, no escuro, sairia correndo aterrorizado, como se fosse o palhaço apavorante daquele filme *It – A coisa*. Mas aquele palhaço era meu pai. E não dava nada de medo.

– Papai... – disse em voz baixa.

E tive que repetir para que ele me ouvisse, inclusive eu pensei que ele estivesse dormindo:

– Papai.

Ele virou. Tinha ainda a cara pintada. Mas que cara abatida. Poucas coisas dão mais pena que um palhaço triste, e meu pai estava muito triste naquele momento. Apesar de ter pintado um enorme sorriso branco e vermelho e, sobre os olhos, cílios e sobrancelhas muito expressivos, a boca e os olhos não podiam ocultar o que de verdade sentia debaixo da maquiagem. Lembrei que na tarde anterior, ao voltar da escola, eu tinha escutado gritos na escada justo antes de abrir a porta. "Os vizinhos de baixo, outra vez brigando", pensei, mas quando ia enfiar a chave na fechadura, reconheci as vozes, que não vinham de baixo, mas da nossa casa. Não era a primeira vez que mamãe e papai discutiam. No verão, houve inclusive uma vez que papai foi embora batendo a porta e não voltou até de noite, e um sábado eu acordei cedo e peguei-o de surpresa dormindo no sofá. Por isso, na tarde anterior, ao chegar, fiquei um pouco na escada, não queria vê-los brigar, mas também não podia deixar que eles continuassem assim. Resolvi tocar a campainha. Isso bastou para que eles interrompessem de repente os gritos e disfarçassem ao me ver. Mas agora, um dia depois disso, na sala, havia um palhaço triste.

– Oi, querida. Não ouvi você chegar.

– Você está... está bem, pai?

– Estou sim, filha. Estava descansando um pouco.

– Foi tudo bem hoje?

– Foi sim... Como sempre... Bem, não muito. Mas não foi nada, tem dias melhores e dias piores. Para você também é assim, não é?

– Sim, pai. – E peguei na mão dele.

– Tudo bem na escola?

– Tudo bem, pai.

– Andaram te incomodando de novo?

– Não, ao contrário. Eles me pediram desculpas e caso encerrado.

– Que bom. Não quero que, por minha culpa...

– Você não tem culpa. Sei que você faz o que pode.

– Obrigado, filha. – E sorriu. Apesar de que era ainda um sorriso um pouco triste, e até pareceu que seus olhos brilhavam demais. Quem disse que era fácil a vida de palhaço?

Vai, continue você, narrador, que eu vou estragar tudo. Conte o que aconteceu depois, que é mais divertido.

· 25 ·

Valéria teve que cumprir sua parte no trato logo em seguida. Dois dias depois, Valentina lhe disse que tinham marcado uma prova de Inglês para segunda-feira. E Valéria acabava de receber a nota de Matemática: excelente.

– Não vou conseguir – disse Valéria, muito nervosa.

– Não, senhora. Você me deve uma. E, além disso, vai ser divertido.

– Você acha isso muito fácil.

– E é. Você vai na minha aula, faz a minha prova e, se não aguentar a manhã toda, se manda. E eu, enquanto isso, vou estar na sua escola pra que ninguém sinta a sua falta. Prometo me comportar bem, não vou dizer nada pra sua querida amiga Natália nem vou me declarar ao seu amado.

No fim de semana, mais do que estudar Inglês, ela ficou antecipando como seria chegar na aula da Valentina fazendo-se passar por ela. Como outras vezes, também desta vez ela praticou na frente do espelho. Tentava imitar a Valentina, não tanto a sua forma de falar, mas seu modo seguro de si, sua capacidade de olhar na cara sem abaixar a cabeça nem desviar o olhar.

No domingo ela quase não pregou o olho e, de tanto nervoso, até temeu que depois de tudo acabaria indo mal na prova. Pela manhã, ao descer do ônibus, coincidiu com o momento em que Valentina também descia do ônibus dela. Elas se olharam, cada uma do seu ponto, sem dizer nada, e tomaram caminhos diferentes dos que faziam todos os dias.

Quando estava se aproximando da outra escola, Valéria sentiu o estômago embrulhado e pensou que iria vomitar o café da manhã logo que entrasse.

Ao chegar na porta, dois meninos ficaram olhando para ela. "O que eu faço?", pensou assustada. "Devo cumprimentar? Será que eu conheço eles?..." Ela optou por sorrir, um pouco exagerada pelo nervoso, e notou que os dois se surpreenderam. Quando virou de costas, ouviu que eles cochichavam.

Entrou pelo corredor principal e uma menina a interrompeu.

– Cara, Valen, eu estou péssima em Inglês, e você?

– Eu... Bem... – sussurrou Valéria, que logo percebeu e levantou a voz, tentando falar com confiança. – Na verdade, regular, você já sabe que Inglês não é o meu forte.

Ela ficou parada na porta da sala, onde chegou seguindo sua suposta amiga, pois sequer se lembrava das instruções de Valentina ("Entre pela direita, suba a primeira escada, corredor da frente, penúltima porta da esquerda, muito fácil"). Foi entrando. Momento de pânico. Quase todos estavam já sentados e olharam para ela quando entrou. Esforçava-se para não abaixar o olhar nem ficar vermelha, como se isso pudesse ser controlado. De tão nervosa que estava, quase não podia ver esse "efeito túnel" que sofria em situações de tensão, como se tudo ao redor se tornasse borrado e ela só pudesse focar um ponto. Por isso ela não era capaz de encontrar o seu lugar; sabia que era a quinta fileira, mas estava tão assustada, que deu só dois passos e se sentou na primeira carteira que viu vazia.

– O que você está fazendo aí? – perguntou a menina que devia ser amiga da Valentina. – Você não está pensando em sentar com...?

Mas neste momento entrou o professor e a amiga foi para o seu lugar, várias fileiras mais atrás. Ao lado da Valéria havia outra carteira vazia. Ela observou e viu que estava cheia de rabiscos, com grandes letras: "GORDO", "FOCA", "BALEIA". Alguém tinha tentado apagar, mas ainda dava para ler. De novo se abriu a porta e ela viu chegar o dono da carteira ao lado da qual ela tinha se sentado por engano.

Ao vê-lo entrar, houve risadinhas desde a última fileira, mas o professor mandou fazerem silêncio. O recém-chegado, é verdade, estava um pouco... gordo.

Um pouco? Coitado. Depois a Valentina me contou que não é que ele come muito, mas que ele tinha uma doença. Eu nunca tinha visto um menino tão gordo. A barriga, os braços, as pernas, o pescoço. Era óbvio que era o alvo das piadas mais cruéis naquela escola. Ele deu uns passos até sua carteira e de repente parou ao me ver. Ele não me esperava. Não esperava que a Valentina estivesse do seu lado. Ele devia estar achando que a minha presença era parte de uma pegadinha, mais uma das muitas pegadinhas horríveis que deviam fazer com ele diariamente.

– O... Olá – balbuciou o menino, de pé.

– Sente-se de uma vez, Enrique, que vamos começar a prova – ordenou o professor.

O tal Enrique se sentou com a Valéria. Ou com a Valentina, era o que ele pensava. De lá detrás chegaram as risadinhas e alguém falou em voz baixa, mas suficiente para que toda a classe escutasse:

– Ei, *porpeta*, hoje você se deu bem!

A sala toda caiu numa gargalhada só, menos Enrique, que estava cada vez mais vermelho. Nem a Valéria, que se virou e lançou um olhar de reprovação aos da última fileira com tanta intensidade, que eles se surpreenderam.

O professor mandou fazerem silêncio e distribuiu as provas. Valéria se concentrou para fazer o melhor possível. Não era difícil, ela tinha facilidade em Inglês. De canto de olho ela via o Enrique, sua mão com dedos grossos agarrando a caneta; e escutava sua respiração, que era um pouco ofegante, uma parte pelo excesso de peso, outra parte pelo nervosismo de ter ao seu lado Valéria. Valentina.

Ao terminar a aula, enquanto o professor recolhia as últimas provas, um menino da última fileira se aproximou e colocou a mão no ombro do Enrique:

– Ei, pipa, hoje é seu dia de sorte. Que meganamorada você descolou. – E piscou um olho para Valéria, esperando que ela fosse cúmplice na brincadeira.

Lá detrás riram outros dois que o acompanhavam.

Valéria não soube responder. Parecia que esperavam que ela se juntasse a eles na brincadeira e dissesse também algo engraçado, mas ela não o fez.

Quando o professor saiu, Enrique não se mexeu da carteira. Valéria se levantou e guardou suas coisas. Ela queria sair o quanto antes. Então, aqueles mesmos meninos que estavam rindo na última fileira chegaram perto da porta e começaram a cantar: "Beija, beija!". Mais alguns se uniram ao coro e alguém gritou: "Cuidado, Valen, quando a baleia te dá um beijo, te engole!".

Enrique abaixou o olhar, encolhendo-se na sua carteira. Valéria leu outra vez as pichações na sua mesa. Gordo. Foca. Baleia. O menino começou a procurar algo na gaveta, como se não escutasse o que gritavam. Ela olhou para aqueles que continuavam com as risadas e ainda repetiam: "Beija, beija!".

Então ela decidiu que esse dia ela não era a Valéria, a covarde. E não iria ficar calada. Contou dez, nove, oito...

No dia seguinte, quando se encontraram na praça, Valentina lhe disse com um sorriso:

– Ontem aconteceu alguma coisa na minha sala que você não me contou, não é?

– Não sei do que você está falando. – Valéria tambem sorriu.

– O que você falou para aqueles caras?

– Não sei, não me lembro – respondeu Valéria. – Você já sabe: quando você fica brava, você fala e fala e nem pensa no que sai da boca. Eles disseram alguma coisa, eu respondi. Disseram algo mais, eu respondi de novo. Daí eles pegaram pesado, e eu... os coloquei no lugar deles.

– Vejo que você aprende depressa.

– Como você diz, algum dia eles vão me agradecer. Vão agradecer você. Não dá pra ir agindo assim na vida.

E as duas riram, até que a Valéria ficou de repente séria e disse:

– Valentina..., você é como eles, não é?

– Quê?

– Você também tira sarro daquele coitado.

– Eu? Não...

– Não minta pra mim. Eu soube pela forma como ele me olhou quando chegou... Se assustou ao me ver ao lado.

Valentina ficou calada, a mandíbula apertada, os olhos no chão. Segundos depois, falou em voz baixa:

– Olha, Valéria. Eu tenho sido uma imbecil por muito tempo. Desde o que aconteceu com meu pai eu ando na pior. E imagino que eu tenha descontado nos outros. Mas eu não quero mais ser assim. Não gosto de mim mesma. Quero ser outra pessoa. Quero ser como você, Valéria.

· 26 ·

A parte ruim de estar uma maniiã inteira na escola da Valentina, se fazendo passar por ela, era que, em troca, a Valéria deixava que seu duplo ocupasse seu lugar durante essas mesmas horas. Mesmo que ela tivesse prometido que desta vez não faria nada que a outra não fizesse, Valéria não entrou muito tranquila na classe no dia seguinte. Em seguida ela comprovou que sua preocupação tinha fundamento.

– Valéria, a coordenadora quer te ver – disse a professora de Gramática, logo ao entrar, e um murmurinho percorreu a sala.

–Eu? Por quê? – perguntou Valéria, levantando um pouquinho o tom.

– Você sabe muito bem – respondeu a professora, com um jeito de brava.

Não, não sabia muito bem. No corredor, indo para a sala da coordenadora, mandou depressa uma mensagem para Valentina: "O que aconteceu ontem, conte rápido", mas a resposta não chegou a tempo. A coordenadora apareceu e a mandou entrar e se sentar. Colocou-se na sua frente e começou a falar com calma, mas severa:

– Olhe, Valéria, você é nova nesta instituição, e segundo seu orientador até agora nenhum professor tinha se queixado de você. De fato, seu orientador está muito surpreso, pois ele tinha você como uma aluna... discreta. Você pode me explicar o que aconteceu ontem?

– Eu... Não... Não sei o que dizer...

– Tá. O que me importa é se esse foi um ato isolado, fruto de um momento de... tensão. Ou se o caso é que de repente nós descobrimos a autêntica Valéria, e esse vai ser seu comportamento daqui pra frente.

– Não, eu... É um ato isolado, óbvio. Eu... não queria.

– Você está disposta a pedir desculpas para sua professora?

– Pedir descul...? Sim... Óbvio... Vou pedir desculpas imediatamente.

– Bom. Sei que não é fácil estar em uma escola nova. E todos cometemos erros. Desta vez não vou fazer uma advertência nem vou ligar para seus pais. Mas vai com cuidado. O respeito na sala de aula é muito importante. Você não vai ter uma segunda oportunidade.

– Obrigada... Desculpa, de verdade...

– Vá, volte para a sala e não se esqueça de pedir desculpas para a professora.

"Não fui eu que comecei, foi essa *profe* que estava viajando", foi a mensagem de Valentina que Valéria leu pelo corredor na volta. Ela iria perguntar mais, porém, da porta da sala da coordenadora veio um grito:

– Os celulares não estão permitidos na escola!

Ao entrar na sala, Valéria criou coragem e, diante do olhar de expectativa de todos os alunos, dirigiu-se até a mesa da professora e falou com um tom médio:

– Sinto muito. De verdade. Eu peço desculpas por ontem.

Entre as risadas da classe, foi difícil para Valéria escutar a resposta da professora:

– Muito bem, mas não diga isso a mim, diga a ela.

Quem era "ela"? Com que professora Valentina tinha tido problemas? Teria passado como uma louca se tivesse perguntado para Marina: "Escuta, com que professora eu me encrenquei ontem, que eu não me lembro?". Então ela olhou na agenda, para ver quais matérias teve no dia anterior com professora, e não professor, e pediu desculpas para as duas que sobraram por eliminação. A primeira, de Matemática, sorriu com cara de não entender nada; por fim a outra, a de Geografia, deu a resposta tranquilizadora:

– Tudo bem, mas que isso não volte a acontecer de novo, tá?

O terremoto Valentina não terminava nisso. Ao sair para o recreio, ela comprovou outra mudança produzida em apenas um dia: no pátio, Simón foi ao seu encontro assim que a viu. Se até esse momento eles só tinham trocado alguns tímidos cumprimentos, nesse momento ele se aproximou dela e falou como nunca tinha feito antes:

– Oi, Valéria... Eu... Ontem à noite escutei a sua playlist... Aquela que você me passou ontem. Eu adorei, de verdade. Eu... eu escutei várias vezes, acabei dormindo com ela. Eu fiz uma pra você com as minhas músicas favoritas... Se você quiser ouvir...

Pois sim, graças à Valentina, desde aquela manhã, Valéria e Simón continuaram sendo dois irremediáveis tímidos que só conseguiam encaixar duas frases seguidas, mas começaram uma troca diária de músicas que depois escutavam andando pela rua ou deitados na cama, e isso se tornou uma conversa musical que foi aproximando os dois cada vez mais.

· 27 ·

No entanto, ainda faltava superar a prova mais importante: as famílias. Para Valéria era uma loucura, mas Valentina, megachata, não falava de outra coisa:

– Por favor, por favor, por favor. Só uma vez. Quero comprovar se minha mãe é capaz de distinguir nós duas.

– Nem a pau. Além disso, talvez a gente já tivesse que contar isso para as nossas famílias, você não acha?

– Que nada. Imagina as coisas que a gente pode fazer sendo iguais. Pelo menos deixa eu terminar este ano e passar em Inglês.

– Eu não vou mais fazer exames pra você...

– Se você realmente gosta, reconheça isso. Somos privilegiadas, ninguém mais pode fazer o que a gente faz. Pra que estragar tudo?

E como tudo o que se propunha, Valentina acabou conseguindo numa quarta-feira à tarde.

O plano era que cada uma entrasse no ônibus da outra ao sair da escola. E assim fizeram. Ao chegar no ponto, trocaram depressa os casacos, as mochilas e os tênis, e trocaram de calçada. Enquanto esperavam o ônibus chegar, Valentina sorria e piscava o olho, contente, enquanto Valéria não parava de pensar que aquilo não era uma boa ideia.

Uma péssima ideia. Uma loucura. Mas eu já estava começando a me acostumar com a Valentina. E, além disso, confesso:

no fundo eu também gostava daquilo. Não deixava de ser uma aventura, e tinha algo mais: eu ainda não tinha ido à sua casa, queria ver seu quarto, sua vida, comprovar se éramos parecidas em algo mais do que o aspecto físico.

O primeiro ônibus que chegou foi o da Valéria, onde, hoje, entrou seu duplo. Do assento da janela, Valentina se despediu jogando beijos para Valéria, que ainda teve que esperar alguns minutos pelo seu ônibus; tempo em que imaginava a Valentina entrando em casa com sua chave, cumprimentando seus pais, ocupando seu quarto, fuçando nas suas coisas. Era uma loucura. O mais óbvio era que sua mãe, que sempre tinha bom olho para descobrir mentiras, suspeitasse de alguma coisa e percebesse a filha diferente.

Ou inclusive pior: seu pai. Que achasse ela um pouco estranha e fizesse "o interrogatório do robô". Era uma brincadeira típica quando Valéria era pequena e que depois o Teo herdou. Se, um dia, um dos irmãos fizesse alguma coisa contrária ao costume (não repetir sua comida favorita, acordar muito tarde no caso da Valéria, ou muito cedo no caso do Teo...), então o pai faria cara de detetive e diria: "Humm, que estranha que você está hoje, Valéria. Tem certeza de que você é a autêntica Valéria? E se trocaram nossa menina por um robô e a verdadeira está sequestrada?". A partir daí ele faria perguntas para "comprovar" se, de verdade, era sua filha e não um robô: nome e sobrenome, data de nascimento, nomes de primos, tios e avós, escola e filme favorito, e até onde quisesse encomprídar a brincadeira. Ultimamente ele não fazia com a Valéria porque ela não costumava estar de bom humor, mas se hoje ele decidisse fazer, aquilo poderia terminar em desastre. Acabaria pensando que, realmente, aquela não era sua filha. Era um robô. Ou pior: seu duplo.

Pensando nessas coisas, Valéria quase perdeu o ônibus. Ela se sentou na última fila, como faria a Valentina, e pelo caminho foi repassando tudo o que lhe havia contado a amiga e que estava anotado no caderno: o número do portão, o andar, a chave que abria a porta. Como era sua casa (até desenhou um mapa com todos os quartos), o que ela fazia logo ao entrar em casa todas as tardes. Como cumprimentava sua mãe. O que comiam no lanche. Valéria lhe havia pedido todo tipo de detalhes, até que Valentina deu uma cortada com seu tom brincalhão habitual:

– Relaaaaaxa – imitou outra vez uma cabra louca –, relaxa. Só vai ser um pouquiiiiiinho... Sério, Valéria: não seja histérica. Minha mãe sempre está com as coisas dela, às vezes eu chego e demora um pouco até ela perceber que eu cheguei. Quando ela está mal, se tranca no seu mundo. E quando está bem, está na lua. De verdade, relaxa.

Obviamente Valéria não ia relaxada, totalmente ao contrário. Ao sair do ônibus, ela caminhou pela rua temendo que a qualquer momento pudesse se encontrar com algum conhecido da Valentina, um vizinho, uma amiga, até sua mãe! Agora que caía essa ficha, nem sequer sabia como ela era. Contava com o fato de encontrá-la em casa, mas o que aconteceria se elas se cruzassem antes pela rua? Como saber se era sua mãe ou uma vizinha? A Valentina nem sequer tinha mostrado uma foto, e a Valéria percebeu que na verdade esperava que aquela mãe fosse igual à sua. Que também elas fossem idênticas.

Com pensamentos como esses, ela só conseguiu ficar mais nervosa. Encontrar uma mãe igual à sua, o duplo da mãe, seria demais. Aterrorizante. Suas mãos suavam, a chave tremia ao abrir o portão, demorou em acertar a fechadura. Entrou e olhou as caixas de correio, encontrou a da Valentina. Aparecia ainda o nome do seu pai. Juan.

No elevador, se olhou no espelho. De repente se viu mais ela que nunca: mais Valéria. Dizia a si mesma que aquilo iria dar errado e que, além disso, não era certo enganar uma mãe, e menos ainda uma mãe como aquela, que, segundo a filha, estava muito deprimida.

Abriu a porta do apartamento e a primeira surpresa: foi recebida com uma música alegre. Nada deprimente. Tipo uma salsa, ou merengue, muito animado, e com o volume muito alto, muito mais alto do que a deixavam colocar a música em sua casa. Valéria ficou parada na entrada, ainda estava a tempo de sair correndo. Neste mesmo momento, na outra ponta da cidade, Valentina tinha entrado na casa de Valéria. O que aconteceria se ela encontrasse outra vez seu pai em modo palhaço triste? E se, ao chegar, estavam seus pais discutindo, como acontecia cada vez com mais frequência? Com a fase ruim que seus pais vinham passando, não estava certo fazer uma brincadeira assim: enfiar em casa uma filha dupla, uma falsa filha.

Entretanto, já não tinha volta. Valéria contou até dez e então avançou pelo corredor pequeno, até a porta da sala de onde vinha a música. Espiou e viu a mãe da Valentina. Depois, segunda surpresa. Dupla surpresa, melhor. A primeira, porque aquela mulher não era parecida com a sua própria mãe, nada a ver. Totalmente diferentes. Aquela era loira, com o cabelo fino e liso, em contraste ao enrolado volumoso e castanho da sua mãe. Mais magra também e um pouco mais baixinha. A segunda surpresa: como a encontrou. Ela esperava a versão materna do palhaço triste: uma mulher deprimida, muito deprimida, como tinha dito Valentina. Inclusive a imaginava vestida de preto, sentada em uma poltrona ao lado da janela, na penumbra, como supunha Valéria que seria uma viúva.

Nada disso. O que ela viu foi uma mulher jovem e linda, mais jovem pelo menos do que sua mãe, que era igualmente linda. E não estava de luto, mas com uma blusa alegre e uma saia esvoaçante. E o mais alucinante: estava dançando. Na frente da televisão, com o *Just Dance* do videogame, um jogo que tinha que imitar o dançarino da tela, seguir seus passos e movimentos ao ritmo da música.

E isto é o que estava fazendo aquela mulher: dançando, dançando salsa. E muito bem, inclusive. Durante vários segundos eu pude vê-la pela porta: como mexia a cintura, como jogava a cabeça para trás, com os olhos fechados, sorrindo, levantando os braços, suando pelo esforço. Dançava com um par imaginário, como se realmente alguém estivesse segurando sua cintura e a fizesse girar, e pensei que ela pudesse estar vendo coisa, como se estivesse dançando com um fantasma: com o marido morto. Também pensei que não lembrava de ter visto minha mãe dançar daquele jeito nunca. O papai, sim, mas se fazendo se bobo para que a gente desse risada. A minha mãe, não. Nem podia imaginar ela dançando com aquela desenvoltura, com aquela intensidade, com aquela alegria.

Quando acabou a música, a mãe abriu os olhos e encontrou de repente aquela que ela acreditava ser sua filha. Valentina. Valéria. Tinha a respiração entrecortada pelo esforço, mas não perdia o sorriso, que se fez maior ao vê-la:

– Querida! Não ouvi você chegar.

– Oi, mamãe... – disse Valéria em voz baixa.

– Oi, minha menina. – Deu-lhe um abraço forte e um montão de beijos, tantos, que Valéria se sentiu incomodada, sabendo que todo aquele amor não era para ela.

– Isso é superlegal – disse a mãe. – E eu fiquei sem conhecer isso até hoje. Você tinha razão, filha, o que eu precisava era voltar a dançar. Me sinto outra pessoa!

– Fico feliz, mamãe...

– Vem, dança comigo – disse a mãe, ao ouvir que começava outra música. Pegou nas suas mãos e puxou.

–Não, eu... – Valéria tentou recusar.

Poucas coisas lhe davam mais vergonha no mundo do que dançar, e mais ainda na frente de gente desconhecida. Quando, nas festas de fim de ano, faziam uma coreografia, ela odiava, ficava rígida e acaba se mexendo como um robô.

A mãe levantou os braços de Valéria e foi marcando o ritmo, enquanto de canto de olho via o dançarino na tela. Pouco a pouco, Valéria foi relaxando. Decidiu que, sim, que tinha que fazer aquilo, não por ela, sequer por Valentina: tinha que fazer por aquela mãe que estava vivendo um momento feliz, tão feliz, que conseguia contagiá-la, fazendo com que já não se sentisse tão desajeitada; Valéria ia perdendo a rigidez, se deixava levar pela música, imitava a mãe de Valentina e, de repente, se surpreendeu ao ver-se a si mesma dançando, com aquela desenvoltura toda. Não foi só isso: o que mais a surpreendeu foi descobrir que estava curtindo. Muito.

Dançaram três músicas seguidas e, por Valéria, poderiam ter continuado por toda a tarde, com as duas girando, atravessando a sala, rindo, cantarolando o refrão; até que caíram no sofá, esgotadas e morrendo de rir.

A mãe puxou Valéria, abraçou-a e ela se sentiu à vontade. Aquele momento da dança tinha unido as duas, tinha sido o melhor modo de quebrar o gelo.

– O cheiro do seu cabelo está diferente – sussurrou a mãe, com o nariz grudado na sua cabeça.

Depois foram para a cozinha e, enquanto faziam um lanche, Valéria lhe contou que tinha tirado nove na prova de Inglês, coisa que era verdade; Valentina tinha contado a ela naquela mesma manhã.

– Que bom, querida. Que dia bom. A sua nota e depois a nossa dança. Tomara que todos os dias sejam assim.

– Com certeza, mamãe – disse Valéria. – Com certeza.

– Mas isso eu vou continuar tomando, pois ainda é cedo para cantar vitória. – A mãe apontou para uma caixa de remédios sobre a mesa, e para Valéria isso pareceu familiar: achava que tinha visto uma caixa parecida em casa, no armarinho do banheiro.

Ela se perguntou se talvez sua mãe também não estivesse deprimida. Ou talvez o pai, o palhaço triste. Ou os dois.

A mãe da Valentina se levantou e tomou um comprimido com um copo de água. Deixou-se cair outra vez no sofá e fechou os olhos. Ficou assim por uns segundos, em silêncio, até que de repente começou a chorar. Primeiro, umas pequenas lágrimas saindo pela pálpebra fechada, depois ela tampou a cara com as mãos e desabou a chorar.

Eu fiquei paralisada, não sabia o que fazer. Estávamos as duas lá, sentadas na cozinha, uma mãe chorando e uma filha que, na realidade, não era filha. Quem tinha que fazer alguma coisa não era eu, mas a Valentina, que a essa hora estava em outra casa, com outra família, com outra mãe que não chorava. Então eu fiz o que eu tinha que fazer.

Valéria tomou a mão da mãe, apertou, e então a mulher abriu os olhos e sorriu, apesar das lágrimas, com os olhos rodeados por um contorno acinzentado pelo rímel escorrido, imagem que lhe fez lembrar outra vez o palhaço triste de sua casa.

– No final eu vou estragar tudo – sussurrou, secando o choro com a mão e espalhando mais o rímel.

– Não foi nada, mamãe.

– Na verdade, eu choro de contente. Estou bem, de verdade.

– Eu sei – respondeu Valéria, que percebeu que uma lágrima também caía pelo seu rosto.

Quando já estavam mais tranquilas, Valéria foi visitar seu quarto. O da Valentina. Enquanto a mãe retomava a dança, ela percorreu toda a casa. E se surpreendeu pela bagunça geral. Já tinha visto a sala, e principalmente a cozinha, onde tinha uma pilha de pratos e copos sujos na pia, garrafas e potes vazios amontoados em um canto, tudo iluminado por um abajur de mesa porque a luz fluorescente do teto estava queimada.

Entrou no primeiro quarto, o dormitório da mãe. A cama estava desarrumada, e ela se lembrou da sua casa, onde sua mãe era sempre tão exigente com isso de arrumar as camas antes de sair. Em uma cadeira havia um montão de roupa bagunçada, e na mesinha ao lado da cama umas caixas de remédios que pareciam vazias. Pelo chão, sapatos sem par. Espiou o armário, que estava aberto. Reconheceu camisas e calças de homem pendurados nos cabides. Estremeceu ao pensar que era a roupa de um morto.

Na porta seguinte ela encontrou o quarto de Valentina. Também bagunçado.

Era o contrário do meu quarto, totalmente contrário. O dia e a noite. Eu me imaginei sendo a Valentina, que pensaria a mesma coisa ao entrar no meu quarto. Como éramos diferentes na realidade. Perceber isso me aliviava.

A cama estava desarrumada, e também tinha roupa amontoada em uma cadeira e sapatos em todo lugar. Mãe e filha, tal e qual, pensou. A escrivaninha nem se podia ver, coberta de papéis, revistas, livros. Na parede, uma cortiça cheia de fotografias. Todas da Valentina com seu pai.

Eram fotos de diferentes épocas: Valentina ainda bebê, nos braços de um pai jovem, bonito, feliz. Valentina no parque de diversões, com seu pai fazendo uma divertida cara de irritado. Valentina nos ombros do pai no campo. Valentina com oito ou nove anos, dançando com os dois, a mãe e o pai, no que parecia ser um baile.

Eu via a mim mesma nas fotos. Quando pequenas éramos idênticas, quase mais ainda do que quando grandes. Essa menina era a mesma que aparecia nas fotos que tínhamos em casa, nos porta-retratos da sala ou nos álbuns. Era ela, era eu. Mas tinha mais uma coisa: olhei bem o seu pai. Tinha alguma coisa perturbadora no rosto dele, e em seguida eu entendi: era parecido comigo. Ou eu era parecida com ele. Estava claro que Valentina puxou o pai, mas e eu? Não tinham me dito desde criança que eu era parecida com meu pai, minha tia e minha avó por parte de pai? Por que agora eu me achava tão parecida com aquele pai ao ver sua cara perto da Valentina?

Continuou fuçando pelo quarto e percebeu que seu duplo quase não tinha livros. Totalmente o contrário dela, que os amontoava em cima do armário porque já não cabiam nas estantes.

O que ela tinha sim eram muitos discos. Não CDS, mas os antigos, de vinil. Debaixo de uma camiseta amassada encontrou um toca-discos, como o que tinha na casa dos avós de Valéria. Escolheu um disco dos Rolling Stones, lembrando os gostos do seu duplo. A banda favorita da Valentina e do pai. Tirou-o da capa, colocou no prato e conseguiu ligar o toca--discos. Começou a tocar uma música, uma guitarra triste que a deixou arrepiada. Valéria se sentou na cama para escutar. "Wild Horses", se chamava. Cavalos Selvagens.

Childhood living is easy to do
The things you wanted I bought them for you

Graceless lady you know who I am
You know I can't let you slide through my hands

Wild horses couldn't drag me away
Wild, wild horses couldn't drag me away...

Enquanto escutava a música, ela abriu um caderno em cima na mesinha, ao lado da cama. Estava cheio de desenhos a lápis e carvão. Era possível reconhecer a igreja e a praça de seus encontros de todas as tardes. Havia vários retratos de Valentina, como aquele que ela tinha visto na papelaria. Pensou que nunca ninguém tinha feito um desenho dela assim e desejou ser retratada naquele caderno.

Wild horses couldn't drag me away
Wild, wild horses couldn't drag me away

Pegou o celular para escrever para Valentina e, justamente quando ia fazer isso, chegou uma mensagem dela. "Conexão mental", pensou.

Oi, V!

Oi, V. Ia te escrever agorinha. E aí?

Legal! Teus pais são fantásticos

Você teve sorte, pegou eles num dia bom

Sério que eles não são sempre assim? Eu adorei

Eles não acharam nada estranho?

Nada. Só que hoje a filha deles está mais linda e simpática do que nunca.

Palhaça!

É, eu sou a palhaça. Mas teu pai é legal. E teu irmão

Meu irmão?

É, ele não é tão chato como você disse

Trate ele um pouco mal, senão ele vai achar estranho que sua irmãzinha goste dele assim de repente

Como estava minha mãe?

Bem. Estava dançando quando eu cheguei

Iupi! Ela seguiu meu conselho

Seguiu

Escuta, V

Diga, V

Queria te pedir uma coisa

O quê?

Que a gente fique pra dormir

> O que você tá falando?

Por favor, por favor, por favor

> De jeito nenhum.
> Não combinamos isso

Já sei, mas é só hoje. Eu te prometo

> Não, Valentina. Dissemos que só um pouquinho

Não vai acontecer nada de ruim. É só jantar e dormir, e amanhã voltamos a ser as de sempre

> Não

Por favooooor

> Não. Vem agora, eu tô saindo agora

Não

> Como que não?

Que não. Eu não vou me mexer

> Esse não era o combinado

Peça o que quiser em troca. Mas por favor, por favor, por favor. Quero experimentar como é ser você, acordar no seu quarto

> Você tá doida

> Por favor, por favor, por favor

> Como uma cabra

> Méeeeee

No final, Valentina sempre levava a melhor. Neste dia também. Aquilo era uma loucura, mas eu acabei aceitando. Na realidade eu também tinha vontade de ser Valentina um pouco mais. Jantar com sua mãe, dormir na sua cama, acordar em outra vida. Em troca, fucei tudo o que me deu vontade no seu quarto. Pensei que ela faria a mesma coisa. Encontrei cartas de antigas amigas de acampamento, fotos do último verão. Experimentei seus colares e sua coleção de bonés. Encontrei uma caixa cheia de pedras de praia. Procurei em todos os lugares seu diário secreto, mas ela não tinha, ou escondia muito bem. Lembrei do meu, que ela poderia encontrar simplesmente abrindo a gaveta da mesinha.

– Querida, vai tomar banho e coloque o pijama, que já vamos jantar – gritou lá da sala a mãe de Valentina, ainda com a música dançante.

Valéria procurou no meio da roupa empilhada na cadeira até encontrar uma calça de pijama, mas não a parte de cima. Na gaveta não sobraram calcinhas limpas, nem quis pedir para a mãe, então ela preferiu ficar com as suas mesmo.

O banheiro estava como o resto da casa. Precisando de uma boa faxina, mas a mãe estava perdoada. Quando alguém está deprimido, não pensa em coisas como esfregar o banheiro ou ter toalhas limpas. Apesar de que isso Valéria tenha pensado enquanto escutava de fundo um nada deprimente reggaeton.

Ela deixou correr um pouco a água para que parecesse que estava tomando banho. Enquanto isso, se sentou na privada. Olhou no espelho. A luz do banheiro era escassa, uma lâmpada estava queimada e ninguém tinha trocado. A depressão era aquilo, pensou: um banheiro sujo, com pouca luz, sem toalhas passadas e sem cheiro de amaciante como tinham as da sua casa. Deu vontade de chorar.

Fui invadida por muitos sentimentos. Me deu pena da Valentina. Da sua mãe. Mas também de mim mesma, ao me ver ali, como se tivessem mudado a minha vida e eu estivesse condenada a ficar lá para sempre, do outro lado do espelho. Pensei na minha amiga, que a essa hora sairia do banheiro com meu roupão e jantaria com a minha família. Se tiveram um dia bom, se tinham discutido, se iriam rir um pouco com as palhaçadas do papai, as bobagens do Teo e os esforços da mamãe para ficar séria e que a gente não brigasse demais. O vapor da água quente foi embaçando o espelho, apagando meu reflexo e, nesse momento, aproveitando que eu já não podia me ver, rompi o pranto que eu estava aguentando e que escapou de repente, como a água do chuveiro.

Ao sair do banheiro, veio da cozinha um cheiro delicioso. Aproximou-se e viu a mãe tirar algo do forno.

– Você já está pronta, fofolete? – Valéria nunca gostou dos apelidos, nem sequer os familiares. Mas abriu uma exceção: desse sim ela tinha gostado, falado com um sorriso pela sua mãe dupla.

– Isso tem um cheiro delicioso – disse Valéria.

– Coloquei para esquentar uma lasanha. Era a única coisa que tinha sobrado no congelador. Deveria ter saído para fazer compras. Desculpe...

— Mas eu adoro lasanha, mamãe.
— Ah, é? Desde quando? – perguntou a mãe, com um gesto de estranheza, que Valéria compreendeu e retificou depressa.
— Bom, não é que eu goste. Mas estou com tanta fome, que eu comeria... até uma lasanha.

Sentaram-se para jantar na sala com a televisão ligada num programa de imitações de cantores famosos. A lasanha não tinha nada a ver com aquela que preparava a mãe da Valéria, o que a ajudou a disfarçar e fazer cara de que não estava gostando muito.

— Veja este, é idêntico. Não sei como eles fazem – disse a mãe mostrando a televisão, onde um homem cantava e dançava fantasiado de Michael Jackson. E era verdade: tinha uma maquiagem tão bem-feita que, se não fosse porque ele já estava morto há anos, qualquer um diria que era o verdadeiro Michael Jackson.

— Vai ver ele é o seu duplo – murmurou Valéria.
— Papai vai ficar muito contente com a sua nota da prova – disse a mãe, sem tirar os olhos da televisão.
— O quê? – Valéria deu um pulo, quase se engasgando.
— A prova de Inglês. Você me disse que tirou nove, não foi?
— Tirei, mas... Papai...
— Vai ficar muito contente. Você fala ou quer que eu fale?
— Eu... Você... Fala você... – sussurrou Valéria, que levantou com a desculpa de ir ao banheiro e correu para se fechar no quarto.

Os dedos tremiam para escrever uma mensagem, e acabou colocando o número e ligando. Demorou um tempo para atender, mas por fim ela ouviu a Valentina, em voz muito baixa:

— O que você tá fazendo? Não me ligue, não é uma boa ideia, eles podem...

– Você mentiu pra mim!
– Pssss. Não fale tão alto. A minha mãe está aí perto?
– Você mentiu pra mim – repetiu Valéria, mas agora em voz baixa.
– Do que você está falando?
– Seu pai.
– O que tem o meu pai?
– Ele não está morto. Você é uma mentirosa. Por quê?...
– Se é uma brincadeira, não tem graça – sussurrou Valentina, brava.
– Uma brincadeira? Menos graça ainda sinto eu de representar o papelzinho de órfã e logo descobrir que...
– Valéria – disse a outra, agora em voz mais alta.
– O quê?
– Meu pai morreu no ano passado. Com uma coisa dessas eu não brinco, nem minto.
– Então... Sua mãe...
– Esqueci de te avisar. Mamãe gosta de falar com o papai como se ele estivesse com a gente. Ela acredita que o espírito dele continua acompanhando a gente. E fala com ele. Eu também falo com ele. Não acredito que existam os espíritos, mas eu faço isso por ela.
– Desculpe.
– Não foi nada. Você está fazendo tudo muito bem. Com certeza. E agora preciso desligar, se não os seus pais vão desconfiar.
– Valentina.
– O quê?
– Me desculpa. Eu não quis...
– Não foi nada.
– Eu sou uma boba.
– Uma coisa.

– O quê?
– Dorme com ela. Por favor.
– O quê?
– Dorme com a minha mãe. Eu faço isso todas as noites.
– Mas... Eu...
– Ela não morde. Nem ronca. Só precisa que você fique do lado dela. Bom,... que eu fique. Mas agora você é eu.
– Tudo bem, fofolete? – disse a mãe de Valentina do outro lado da porta.
– Sim, mamãe. Tudo bem.

· 28 ·

Na realidade foi muito fácil. Tudo foi muito fácil na casa da Valentina, com a mãe da Valentina, com a vida da Valentina e com seu pai que não estava, que já estava morto há um ano, mas com quem sua mulher continuava falando. Estávamos nós duas jogadas na cama, cobertas com um lençol; fazia calor naquele quarto. Eu não sabia se devia me aproximar dela. Apagou a luz, mas deixou na mesinha uma vela acesa, uma velinha de cera que fazia tremer as sombras, e que foi se consumindo enquanto ela falava. Eu fechei os olhos, me concentrei em escutar sua voz. Ela começou cumprimentando: "Oi, Juan", com naturalidade, como se ele estivesse ao lado, e eu estremeci no princípio, me deu medo, pensei em um fantasma que a qualquer momento iria aparecer de verdade. Ela lhe contou que Valentina, quer dizer, eu, tinha tirado nove de Inglês. Depois disse que tinha aceitado a sugestão da filha e tinha voltado a dançar como há muito tempo não dançava. A mulher falava em voz baixa, em um tom suave que me dava sono, e pensei que assim Valentina dormia todas as noites, escutando a voz da mãe enquanto conversava com seu pai, como que ninando, e pensei que aquilo não era tão triste, e que mãe e filha tinham uma à outra e juntas podiam manter viva a lembrança do pai, como aquela vela que resistia em se apagar. Virei e abracei-a, não para fingir que era sua filha: saiu naturalmente, me deu vontade de abraçar aquela mulher que, em voz baixa, estava dizendo ao marido quanto o amava, quanto sentia saudades. Assim nós adormecemos.

· 29 ·

Agora é para contar alguma coisa divertida, não é?

Agora é a sua vez de contar alguma coisa, narrador. Alguma coisa sobre você.

Não tão rápido. Não me referia a nada disso. Ainda não. Antes, aconteceu mais alguma coisa, quando você chegou em casa no dia seguinte, depois da escola, não é?

Chato. Conta! Conta!

Já vou. Primeiro, o que aconteceu no dia seguinte ao intercâmbio familiar de vocês. Você quer contar?

Não, continue você um pouco mais.

Bem. No dia seguinte, a Valéria acordou na cama da mãe da Valentina. Com aquela sensação de não saber onde estava, como quando se dorme em um hotel ou na casa de amigos e, ao abrir um olho, ainda meio dormindo, você não reconhece o lugar, não está onde esperava estar. Como os primeiros dias no apartamento novo.

Estava sozinha na cama. Ela sentia frio, tentou se cobrir e, ao não reconhecer pelo tato seu edredom, abriu os olhos e se lembrou de repente. Entrava um pouco de luz pela persiana, observou o quarto na penumbra. Na mesinha, perto da vela consumida, uma foto do pai com a mãe, quando eram mais jovens, com a pequena Valentina. Sorridentes. Sentados ao pé de uma árvore. Felizes.

Ela se virou e comprovou que estava sozinha. Escutou um barulho no banheiro e foi recompondo a memória, recuperando o que tinha acontecido no dia anterior. Pensou na Valentina, que a essa hora teria acordado na sua cama, tão longe. A essa hora... Que horas eram? Olhou no relógio da mesinha. Era supertarde!

Quando a mãe saiu do banheiro, Valéria estava já vestida e procurava pela cozinha alguma coisa para o café da manhã, com a mochila já no ombro.

– Desculpe, filha, dormi demais... – disse, com a cara recém-saída do banho.

– Tudo bem, mamãe... Vou voando senão não chego. – E lhe deu um beijo de despedida.

Ao descer do ônibus ela não encontrou a Valentina no outro ponto. Estava quase na hora de entrar na escola e enquanto corria até sua escola, ela desejou que tudo tivesse dado certo, que a Valentina não tivesse zoado tudo e, principalmente, que aquele jogo tivesse terminado de verdade. Fim. De fato, ao entrar na sala, ela teve um momento de dúvida, pensou que poderia encontrar com seu duplo sentada na sua carteira. Mas não. Estava lá o seu lugar, sua classe, seus colegas. E, ao sentar-se, ela sentiu que tomava posse outra vez da sua vida, que voltava a ser Valéria.

Apesar de que, como sempre que trocava de lugar algumas horas com a Valentina, na volta as coisas eram diferentes, e aquele dia não seria exceção: ela descobriu que na carteira do lado não estava sentada a Marina, mas... Natália.

– Oi, Valéria – disse com um sorriso.

– O... Oi..., Natália... – Valéria respondeu como teria respondido alguns dias antes, quando ainda tinha medo da Natália. Mas ela se lembrou que já não era como antes, então recuperou sua autoconfiança: – Tudo bem, Natália?

– Superbem – respondeu a ex-assediadora, piscando um olho.

Valéria virou-se na cadeira, procurando Marina, e encontrou-a sentada na última fileira, onde antes sentava a Natália. Fez um cumprimento com a mão, e sua companheira devolveu com uma bufada de resignação.

A manhã foi tranquila, sem emoções. Entre uma aula e outra, ela voltou ao costume de trocar olhares com o Simón, cada um da porta da sua sala, tímidos: um cumprimento levantando as sobrancelhas, um sorriso, e a vergonha.

Vai, conta já, agora...

Quando chegou a hora do recreio...

Se você não contar, eu conto.

Quando chegou a hora do recreio, Valéria se sentou com Marina no pátio e sua colega explicou a mudança das carteiras:

– A Natália não pediu permissão, você já sabe como ela é. Tirou o meu lugar, dizendo que quer conhecer você melhor.

– Ah, é?

– Eu não confiaria muito nela, porque com certeza ela marcou você por aquilo do outro dia...

Vai, não comece a enrolar e conte logo de uma vez, que chato.

Marina dividiu o lanche com Valéria, porque a mãe da Valentina não tinha preparado nada, e ela só tinha encontrado na cozinha umas bolachas.

Vou contar até dez e depois vou soltar se você não contar.

As duas amigas conversaram sobre qualquer coisa. Sobre o programa da TV que tinham visto na noite passada e sobre imitadores dos famosos.

Dez, nove, oito...

Fizeram planos de preparar juntas um trabalho de História que tinham acabado de marcar para a próxima semana.

Sete, seis, cinco...

Conversaram sobre um filme que estava a ponto de estrear e que as duas tinham vontade de ver.

Quatro, três, dois...

Estavam sentadas em um banco, perto do campo de futebol.

Um...

E então, ele se aproximou.

E então, VOCÊ se aproximou.

Ele parecia travadíssimo.

Você parecia travadíssimo.

Ele disse "olá" em voz baixa, com as mãos nos bolsos.

Você falou "olá" em voz baixa, com as mãos nos bolsos. Você estava muito engraçado, morrendo de vergonha.

Marina percebeu que estava sobrando e disse que ia ao banheiro. Ao sair, piscou um olho para a amiga. Então Simón se sentou ao lado de Valéria.

Então você se sentou do meu lado.

E lhe disse:

E me disse:

– Você quer ir no Burger na sexta?

Não foi bem assim. Você não falou tão na sequência nem tão confiante. Você estava nervoso. Foi mais tipo balbuciando.

Você tem razão. Eu também tinha ensaiado no espelho o que iria dizer pra você, mas na hora da verdade não saiu como eu esperava. Titubeei. Saiu mais algo do tipo:
– Valéria... Eu... Bem... Estava pensando que... Talvez você... Não sei... Se você não quiser, tudo bem... Você... queria... ficar... ir no Burger... na sexta?
– Sim.

Isso foi o que eu respondi, sem pensar: sim.

Eu respirei aliviado. Ufa. Se você tivesse dito não, eu iria sair correndo. Você me disse que sim, e eu não tinha levado mais frases preparadas. Então nós ficamos os dois quietos. Imagino que eu estava tão vermelho como você, eu sentia o rosto ardendo.

Você estava muito engraçado. E muito bonito.

Você também. Já contei tudo, você está contente? Mas antes do episódio do Burger, falta o daquela tarde, quando você chegou em casa. Você pode continuar? Eu fiquei um pouco... travado.

Mais travada estava eu, que passei o resto do dia com um sorriso bobo e ainda por cima fiquei aguentando a Marina, que queria que eu lhe contasse o que tínhamos conversado, você e eu, e desenhou uns corações com a caneta na mão.

Estava tão nas nuvens, que quase não vi a Valentina no ponto de ônibus da frente. Ela me cumprimentou com a mão e piscou um olho. Eu pensei em atravessar para falar com ela para que me contasse como tinha sido em casa com meus pais, pois ela não tinha respondido nenhuma mensagem durante toda a manhã. Mas naquele momento chegou seu ônibus, ela se despediu e entrou. A caminho de casa acabei me lembrando de tudo o que eu mal tinha pensado por culpa do seu... convite. Lembrei que eu não ia para minha casa como qualquer dia, porque aquela já não era a mesma casa. Era minha casa, sim, porém tinha acontecido alguma coisa lá, alguma coisa que só eu sabia: que meus pais no dia anterior tinham conversado, jantado e dormido com uma pessoa que eles acreditavam ser sua filha, mas que na realidade era outra. Meu duplo.

A primeira surpresa foi ao abrir a porta: a música. Pelo corredor chegava a música a todo volume. Na minha casa há muito tempo que isso não acontecia, desde muito antes da mudança, desde que meu pai foi despedido. E ainda era salsa! Me deu um calafrio. Salsa? Era exatamente igual à véspera, quando eu tinha entrado na casa da Valentina pela primeira vez. A mesma música. Tive uma daquelas sensações, como se chamam? Quando você sente que você já viveu aquilo.

Déjà-vu. Em francês.

Isso, *déjà-vu.* Como se tudo se repetisse. Caminhei pelo corredor, sem anunciar ainda a minha chegada. Entrei na sala e por sorte não encontrei a mãe da Valentina. Eram os meus pais. Dançando. Salsa. Na frente da TV, com o mesmo jogo de videogame da mãe da Valentina na tarde anterior.

Alucinei. Não me lembrava de tê-los visto assim jamais. Bom, uma vez no casamento de uma prima minha mãe bebeu duas taças de espumante e acabaram dançando juntos. Mas eu não me lembrava de outra vez igual a essa. Minha mãe era como eu nessas coisas, ou eu era como ela: não tínhamos ritmo, não sabíamos mexer o corpo, nos sentíamos desajeitadas e, além disso, nos sentíamos derrotadas por um gigantesco senso de ridículo. Meu pai, sim. Já antes de ser palhaço, ele não se importava de fazer palhaçadas, inclusive de ser o primeiro a começar a dançar na minha festa de fim de ano da escola e me deixar com vergonha na frente das minhas amigas. Mas a minha mãe, sempre tão séria, inclusive muito séria, e um pouco certinha.

Aquela não era minha mãe. Não era a mesma. Principalmente não era a mãe dos últimos meses, aquela que chegava em casa esgotada e brava. Estava dançando. Salsa. Com meu pai. Agarrados pela mão, ele rebolava e ela girava e requebrava com uma graça que eu nunca tinha visto. Estavam imitando os dois dançarinos da TV, copiando cada passo. Nem me escutaram chegar. Pude vê-los pela porta até que acabou a música. Era minha mãe, obviamente, mas alguma coisa tinha acontecido. Não só a dança. Sua cara. Estava supervermelha pelo esforço, mas também sorridente. Muito, como fazia tempo que eu não via. Com um brilho novo nos olhos. Também meu pai parecia mais feliz do que ultimamente, sem aquela expressão triste de muitas vezes.

Fiquei um pouco lá, vendo como dançavam. Eu queria ir com eles, mas não queria interromper o momento. Foi meu irmão que chegou pelo corredor, colocou-se do meu lado e falou no meu ouvido:

– Você viu isso? Ficaram loucos. E tudo culpa sua, irmãzinha.

– Minha culpa? – disse, justo quando acabou a música, então minha voz foi escutada bem alto.

Meus pais, que tinham terminado a dança com um final em que minha mãe ficava dobrada para trás e ele se inclinava como se fosse beijá-la, viraram quando nos ouviram.

– Querida! Não ouvimos você chegar – disse mamãe, sufocada, suando.

– Vem, já vai começar a próxima – gritou papai, e veio me buscar. – Troca de pares!

Papai me agarrou pelas mãos e me fez girar pelo centro da sala. Mamãe pegou o Teo e o tirou também para dançar. Eu fiz um pouco de resistência, mas logo em seguida já estava dançando com meu pai, imitando como podia os dançarinos da tela.

Foi só uma música, três minutos, um pouco mais. Mas que três minutos. Que eu pudesse me lembrar, era a primeira vez que dançávamos os quatro juntos, eu com o papai, Teo com a mamãe, atravessando a sala, rachando de rir, quase sem poder respirar. Principalmente era a primeira vez em muito tempo que estávamos bem contentes juntos. No meio da música, outra troca de pares: eu fui com a mamãe e Teo com o papai. Vi a cara de prazer da minha mãe, que não parava de rir enquanto dançava. Na última troca eu caí com o Teo, e agora sim nos sentimos os dois um pouco ridículos, dançando agarrados enquanto nossos pais tinham ficado loucos.

Ao terminar a música, nos deixamos cair todos no sofá, esgotados.

– É fantástico – disse mamãe, quase sem ar.

– Se a gente tivesse descoberto isso antes... – acrescentou papai.

– Não sei como te agradecer, filha. – Mamãe me deu um abraço.

– Agradecer? Por quê?

– Pela excelente ideia que você teve ontem.

– Ah, é – respondi. – Minha excelente ideia...

– Olhe a mamãe – disse papai, rindo. – Lembra o quanto foi difícil que ela se soltasse ontem, quando você propôs esse jogo? No começo ela disse que não, que não, e estava toda dura. Mas olhe com que rapidez ela se soltou e como está agora. Foi a primeira coisa que fez hoje quando chegou em casa: me tirou para dançar. Eu acho que ela passou toda a manhã com vontade de sair do trabalho para se jogar na pista.

– Sim! – exclamou mamãe, contente. – Isso é do que eu estava precisando. O que todos nós estávamos precisando. Dançar. Se soltar. Relaxar as tensões, rir. Ficar loucos, mesmo que seja só um pouco, todos os dias.

– Todos os dias? – perguntei, surpresa.

– Óbvio. Não pode voltar atrás, foi ideia sua.

– Ideia m...?

– Sim, irmãzinha – disse Teo, com cara de saco cheio. – Uma ideia fantástica: dar uma dançada todos juntos todas as tardes. To-das.

– Você quer dançar mais uma? – perguntou papai, ficando de pé num pulo.

– Não, melhor não – respondi, fugindo. – Tenho lição de casa.

A caminho do meu quarto, escutei pelas costas uma nova música e as risadas dos meus pais, que começavam a dançar de novo. E pensei: "Está bem, Valentina, reconheço que você teve uma boa ideia. Talvez, como diz a mamãe, é do que estávamos precisando".

Entrei no meu quarto e senti alívio em ver que estava igual como sempre. Valentina não tinha deixado tudo desordenado como na sua casa. Verifiquei minhas coisas, tudo no lugar. Tirei meu diário secreto. A fechadura não parecia forçada e continuava no lugar o pedacinho de papel celofane transparente que eu sempre coloco como sinal para comprovar se o Teo vem fuçar. Não, não parecia que a Valentina estivesse interessada nas minhas intimidades. Ou talvez porque tivessem passado a tarde dançando.

Naquele momento, como se ela estivesse lendo meu pensamento, chegou uma mensagem:

> Oi, duplo. E aí?

>> Oi, V. Já te disse muitas vezes que você que é o meu duplo, não eu

> Haha. Tudo bem com seus pais?

>> Loucos. Você colocou eles pra dançar.

> Haha. A gente adorou. Eles precisavam. Mais ainda a mamãe

>> Como assim "mamãe"? Preciso te lembrar que é a minha mãe

> Não fique brava. Podemos dividir as mães

>> E como está nossa outra mãe?

> Muito bem. Já estava louca antes de você chegar

>> Sua mãe é fantástica. Cuide muito dela

> Com certeza!

A porta do quarto se abriu e entrou Teo. Sem bater antes, como eu tinha dito. Trazia o tabuleiro e as peças para jogar damas.

— Vamos jogar, irmãzinha?
— Me deixa, Teo.
— Vai, ontem foi tão legal.
— Ontem? Ah... Não, me deixa, estou ocupada agora.
— Pô! Tão simpática que você estava ontem. Nem parecia você. Até pensei que era um robô, ou estava apaixonada, ou alguma coisa assim.
— Me deixa, idiota.

Teo saiu bravo, mas seu último comentário me fez lembrar da outra coisa importante do dia que eu queria dividir com a Valentina.

> Sabe da última? Simón me convidou pra ir no Burger!

> Te convidou pra sair!!!

> Não, boba. Só me convidou pra ir no Burger

> Isso é convidar pra sair, palhaça. Você disse que sim, certo?

> Disse. Mas já tô me arrependendo

> Ai, começou...

> Eu fico muito travada. Você já me conhece. E nunca aconteceu alguma coisa desse tipo comigo. Eu sozinha com um menino...

> Vai dar tudo certo

> Tenho medo de ficar como uma idiota. Sempre acontece isso comigo. Fico bloqueada, sem palavras, e acabo parecendo uma tonta

É seu primeiro encontro?

> Não é um encontro, é só um lanche. Mas sim. Primeira vez.

A primeira vez sempre se passa nervoso. Relaxa

> O que que é, você por acaso tem muita experiência?

Mais do que você, certeza

> Então vamos ver se você me ajuda, senhora expert

Já era! Eu tenho um plano

E a tonta aqui, de tão feliz que estava, se deixou enrolar outra vez por Valentina e seus planos geniais.

· 30 ·

Eu também estava morrendo de vergonha. E não tinha nenhum duplo que me ajudasse como você tinha.

Só nos faltava essa. Que você também tivesse um duplo para aumentar a confusão.

Naquela sexta-feira a gente nem se olhou na escola. Como se a gente tivesse medo de que os outros pudessem perceber e daí corresse a fofoca de que a gente tinha um encontro. Eu não saí para o corredor entre as aulas. O cúmulo foi no recreio, quando meus amigos resolveram se aproximar do seu grupo, onde estavam Marina, Natália e você com outras meninas. E eu fui com eles.

Eu me lembro disso. A gente nem se olhou, os dois com cara de "terra, me engula".

Todos começaram a fazer planos para ficar juntos aquela tarde, em grupo. Marina perguntou se você iria.

E eu disse que não podia. Que já tinha um compromisso... com minha família.

Eu não tive outra desculpa e disse exatamente a mesma coisa: "Hoje eu tenho um compromisso com minha família, não posso ir". Ficamos como dois bobos.

O meu caso foi pior. Estava nervosa por ficar com você, porque era a primeira vez que eu iria ficar sozinha com um menino. Mas também eu estava nervosa pela Valentina. Pelo seu "plano genial", sua última loucura. Eu mandei mensagens para dizer que não, que eu tinha pensado melhor e que não precisava mais da ajuda dela, mas ela só me respondeu com emojis sorrindo e de olho piscando. Eu estava tão nervosa, que quase deixei você plantado lá.

Mas você não fez isso.

Não fiz por medo de que, se eu não fosse, a Valentina iria no meu lugar e assim deixaria ela sozinha com você.

Quando eu cheguei no Burger, você estava lá, me esperando.

Você tem certeza de que era eu?

Tenho, era você. Não acredito que a Valentina possa imitar sua timidez, o sorriso inseguro, o megavermelho das orelhas.

É verdade. A menina que estava sentada no terraço do Burger, morrendo de vergonha, era eu.

Eu vou dizer o que penso, Valéria, antes de continuar escrevendo: eu não acredito que você seria capaz de fazer todo aquele jogo que me contou.

Pois pode acreditar.

Até agora fiz um esforço para acreditar em tudo e fui escrevendo do mesmo jeito que você me contou. Mas esta parte... Não sei, acho mais difícil.

Você não achou nada estranho naquela tarde?

Claro que achei. Tudo foi estranho. Uma loucura. Mas foi assim porque a gente estava supertravado. Quanto ao resto... Todo aquele jogo de duplos no Burger... Não, eu não acredito nisso. Acho que era você o tempo todo. Eu teria percebido alguma coisa...

É sério que você acha que poderia distinguir nós duas? Eu já disse: não somos parecidas, somos idênticas.

Não sei...

Tá bom. Então eu mesma tenho que escrever.

Melhor cada um contar a sua parte. Do jeito que lembramos.

Vai. Você começa.

Eu cheguei tarde no Burger. Você vai rir, mas eu passei um bom tempo trocando de roupa. Não sabia que roupar usar.

Ah, vá... Você estava vestido do mesmo jeito que estava na escola, de manhã. Lembro disso perfeitamente.

Acabei colocando a mesma roupa depois de trocar várias vezes. No caminho para o Burger eu ia ensaiando as frases, coisas para dizer pra você, porque eu não queria ficar em silêncio parecendo um idiota. Imaginei que você também estaria nervosa, então fiz uma lista de assuntos de conversa: a escola, as provas, os planos para o Natal, a música que você gosta, algum filme recente.

Eu fiz a mesma coisa. Isso de trocar de roupa, não, sequer passei pela minha casa, porque, ao sair da escola, fui encontrar a Valentina. Ela e eu tínhamos combinado perto do Burger, um pouco antes da hora e, apesar de que ela não atendia ao telefone nem respondia minhas mensagens, eu precisava encontrá-la. Não a vi no ponto de ônibus nem na redondeza da escola. Fui até nossa praça, e nada. Continuei ligando e mandando mensagens e, no final, me conformei: fui até a esquina onde tínhamos combinado, perto do Burger, e lá estava ela, me esperando, muito sorridente.

– Eu te liguei muitas vezes – falei, nervosa.

– Já sei. Não respondi pelo seu bem. Pra que você não se arrependa.

– Isso é uma loucura, Valentina.

– Confie em mim. Vai sair tudo ótimo. É um dia muito especial, e você não pode estragar tudo por causa da sua timidez. Vai ser como nos filmes, quando tem uma cena de risco e uma profissional dubla a protagonista pra que ela não caia do cavalo. Eu serei essa profissional.

Tínhamos combinado de vestir a mesma roupa, com jeans bem parecidos, e uma das poucas camisetas que tínhamos iguais. Lá estávamos, na esquina, mais gêmeas do que nunca, as duas com o cabelo preso e a mesma roupa. Só faltava a jaqueta, a minha de jeans e a dela colorida, mas isso não era problema para minha louca amiga:

– Já tenho tudo estudado. Vamos trocar de jaqueta quando for necessário.

Quando cheguei, você ficou de pé, e eu não sabia se tínhamos que dar dois beijos ou outra coisa, isso nunca tinha acontecido com a gente. Continuávamos sendo só dois colegas de escola que combinaram tomar alguma coisa. Ficamos os dois de pé, sem olhar um para o outro, até que eu perguntei o que você queria beber.

Quase não me saíam as palavras, de puro nervosismo. Estava tão paralisada, com o coração na boca e a boca seca, que de repente decidi que sim, que o plano louco da Valentina seria uma boa ideia. Pelo menos para começar, para quebrar o gelo, para não dar a impressão de que eu era meio tonta por ficar calada ou por começar a balbuciar sem sentido. Então, quando você foi lá pra dentro pedir a bebida, me virei para procurar meu duplo, que estava no final do terraço, em uma mesa escondida atrás de uma árvore. Me levantei e fui até lá.

– Não posso – falei. – Estou morta de medo.

– Relaxa. Deixa comigo. Preparo um pouco o terreno e depois você arremata.

Trocamos de jaqueta e ela correu para se sentar na mesa, enquanto eu me escondia atrás da árvore.

Realmente está difícil pra eu poder acreditar em você, Valéria...

Pense um pouco, puxe na memória: você não me notou diferente quando voltou com os refrigerantes?

Notei. Você não parecia a mesma. Mas pensei que tinha relaxado um pouco. Eu também já estava menos nervoso.

E eu falei. Não foi mesmo? Eu não. Valentina.

Falou, sim. Você ou quem quer que fosse. Me perguntou se eu tinha visto algum filme recentemente que eu tivesse gostado. E ficamos falando sobre cinema. Bom assunto para quebrar o gelo. Conversamos sobre nossos filmes favoritos. Eram os seus ou do seu... duplo?

Espero que meus. Atrás da árvore eu espiei vocês por um tempo. Eu via a Valentina de costas e você de frente. E me senti por um lado bem e por outro mal. Eu gostei de ver você falando comigo, quer dizer, com ela. A forma como você ria por alguma coisa que eu disse, por alguma coisa que ela disse. Mas ao mesmo tempo me deu um aperto no coração, porque aquele mesmo olhar e aquela risada não eram na realidade pra mim. Quem ganhou tudo isso foi a Valentina.

Eram pra você. Eu estava convencido de que era você.

O caso é que eu mesma fui relaxando ao vê-los conversar. E decidi que era o momento de voltar. Liguei para a Valentina sem que ela atendesse, era o sinal combinado.

Eu lembro que nesse momento você, ou ela, quem quer que estivesse na minha frente, olhou o telefone e disse que ia no banheiro.

Isso mesmo. Eu corri para a porta dos fundos para que você não me visse e esperei a Valentina no banheiro. Quando ela entrou, vinha eufórica. Me disse que estava dando tudo certo:
– É o seu momento, Valéria. Vai em frente, valente.
Coloquei a jaqueta, me olhei no espelho, nos vimos refletidas as duas. Acho que nunca tínhamos visto nós duas juntas no espelho, e era mais estranho ainda, se multiplicava nossa condição de duplos perfeitos. Agora éramos quatro iguais. Sorrimos as duas, as quatro.
Voltei para a mesa onde você estava me esperando.

Continuamos conversando. Sobre livros, agora. Você me contou o que gostava de ler, descobrimos muitas coincidências.

Recomendei a você alguns livros que você não conhecia, e você ficou de me emprestar um dos seus favoritos.

Mas de repente acabou o assunto e ficamos em silêncio.

Mexendo o gelo, olhando o fundo do copo. Eu inclusive virei a cabeça para comprovar se a Valentina continuava lá. Não a vi, e isso me fez perder um pouco a confiança. Então você me olhou nos olhos e disse:

– Olha, Valéria. Quero te falar uma coisa... Eu...

Naquele momento me deu pânico. Você ia fazer uma declaração? Eu não esperava. É verdade, estávamos os dois lá, sozinhos, tínhamos combinado, era como um encontro. Mas pela primeira vez eu pensei que a minha mãe tinha razão: eu era uma criança ainda. Tudo o que eu sabia de... amor era o que eu lia nos livros e via nos filmes. Sempre era um momento especial, de noite, no típico mirante de onde se via toda a cidade iluminada, ou numa praia, ou no baile de fim de ano... Não era numa mesa do Burger, assim, de repente. Eu não esperava.

Eu também não. Mas saiu. Eu não tinha preparado. Mas de repente me deu vontade de te dizer que...

– Desculpa, tenho que ir ao banheiro. – Deixei você com a palavra na ponta da língua.

Ao te ver escapar, pensei que tinha estragado tudo, que tinha me precipitado.

Me enfiei no banheiro. Entretanto, lá não estava a Valentina. Me olhei no espelho, me vi outra vez numa pilha de nervos, com as orelhas megavermelhas. Peguei o telefone, escrevi uma mensagem: "Cadê você, V? Preciso da tua ajuda".

Em seguida entrou a Valentina, que trazia também uma cara nervosa.

– Temos um problema – disse assim que chegou.

– Já sei que temos um problema. Ele está a ponto de... se declarar.

– Não me refiro ao seu namorado. Tem uma coisa pior...

– O quê?

– Venha, aproxime-se devagar.

Valentina abriu um pouco a porta e apontou para o outro lado do Burger. Fiquei boquiaberta. Na zona infantil estavam comemorando um aniversário, um monte de crianças. E tinha um palhaço animando a festa.

Não acredito. Era o seu...

Meu pai! Com todos os Burgers que tem na cidade, ele tinha que trabalhar justo naquele. Meu pai vestido de palhaço, animando um aniversário, justo quando eu tinha o meu primeiro encontro.

Sério?

E põe sério nisso. Só me faltava isso. Que ele me visse, sozinha com um menino, e ainda por cima se aproximasse para me cumprimentar, assim, com o nariz vermelho e os sapatões. E, como se fosse pouco, com a Valentina por lá, meu pai poderia descobrir que sua filha, além de ter um encontro, tinha um duplo. Muitas emoções para um só dia. Para impedir isso, a Valentina já tinha se adiantado: se aproximou para cumprimentar meu pai, que obviamente pensou que era sua filha. Ela contou que estava esperando por umas amigas e se ofereceu para ajudá-lo a encher os balões e distribuir as lembrancinhas do aniversariante. Assim, controlaria o palhaço para que ele não tivesse a ideia de ir até o terraço onde estávamos você e eu.

Espera, espera. Isso que você está contando é muito louco. Até agora já estava difícil de acreditar, mas isso já... Você, eu, seu duplo, seu pai...

Tudo o que eu contei até agora é um pouco louco, não me venha com dúvidas. Estávamos lá as duas, escondidas no banheiro, enquanto um palhaço e um rapaz esperavam a mesma menina. A mim.

Qual das duas veio para a minha mesa? Qual foi com o palhaço?

Me diz você. Quem você acha que voltou do banheiro e se sentou na sua frente? Era eu? Era a Valentina?

Não brinque comigo.

Era eu. A Valentina ficou com o palhaço, e eu criei coragem e voltei para ficar com você. Fiquei convencida de que tinha que fazer isso, não podia fugir sempre nos momentos decisivos, não podia continuar perdendo o melhor da minha vida por ser tão covarde.

No entanto, não saiu como a gente esperava. Se alguma coisa poderia ficar mais complicada naquele dia, com certeza se complicaria. De repente apareceu aquela sua amiga...

A Laura! Será que todo mundo tinha tido vontade de ir naquele Burger justo naquele dia? Era a Laura, minha antiga melhor amiga. Eu a vi entrar, e por sorte ela não viu a gente. Mas logo pensei que ela iria encontrar meu pai e meu duplo e que haveria algum mal-entendido, porque a Valentina não sabia quem ela era. Enquanto eu pensava depressa em como sair daquele enrosco, você tinha começado a falar outra vez.

É. Tentei recuperar o fio da meada: – Escuta, Valéria... Queria te dizer uma coisa... Muito importante... – Mas você estava mais preocupada com o telefone.

Eu tinha que arrumar aquilo. Mandei uma mensagem urgente para a Valentina e corri ao banheiro para encontrar com ela. Te interrompi outra vez.

Eu comecei a pensar que você não queria ficar comigo. Que você estava me evitando. Não era normal.

Outra vez nos encontramos no banheiro. Contei de modo atropelado sobre a Laura. Estávamos à beira do desastre.

– Pequeno enrosco – disse a Valentina. – Menos mal que minha mãe não gosta de hambúrguer, porque só falta chegar ela.

–Temos que trocar de novo – eu disse. – A Laura me conhece melhor do que ninguém no mundo, ela pode desconfiar de alguma coisa se falar com você. Faremos assim: eu saio, me encontro com ela, e dou um pouco de papo.

– E eu?

– Vai com o Simón, por favor.

– E o que eu falo se... se ele se declarar?

– Diz... Diz que você tem que pensar.

– Você tem que pensar?

– Tenho... Não! Claro que não. Mas quero que seja eu que responda, não meu duplo.

Não teve nada o que responder, porque eu não tentei de novo. Você voltou para a mesa, você ou o seu duplo, seja quem for. Mas eu já tinha esfriado o assunto, porque você já tinha me interrompido duas vezes no momento exato de falar. De fato, agora eu me sentia péssimo, voltou a minha timidez, pensei que tinha estragado tudo. Para completar, você voltou para a mesa e ficou falando pelos cotovelos.

Eu não. Agora era a Valentina.

Seja quem for. Falando pelos cotovelos. Sobre qualquer coisa. Sobre um programa de imitadores que tinha na TV. Sobre os dublês para cenas de risco no cinema. Sobre o tanto que você tinha que estudar no fim de semana. Você até me perguntou, ou ela me perguntou, para qual time eu torcia, logo eu, que não gosto de futebol. Era falar por falar, de qualquer coisa, e eu cada vez mais me sentindo pior, achando que aquele encontro tinha sido um fracasso.

Eu tinha coisa demais para resolver naquele enrosco. Saí do banheiro e fui ver meu pai, que me esperava para continuar a encher os balões.

– Papai, acabei de ver a Laura, vou lá falar com ela.
– Valéria, espere um momento – disse meu pai, enquanto eu me distanciava.
– O que foi, papai?
– Sua jaqueta... Por que você se trocou de repente?
– A... jaqueta.
– É. A que estava usando antes... Essa não é a mesma.

A jaqueta! Com o nervoso e a pressa nos esquecemos de trocar no banheiro. Eu estava com a minha jeans e a Valentina foi para a mesa com a dela colorida. E você nem percebeu isso?

Até parece que eu estava lá só para ficar reparando na sua jaqueta. Eu pensava que tinha estragado nosso primeiro encontro pela pressa, sem saber o que dizer, enquanto você, ou seu duplo, não parava de falar.

Eu falei para o meu pai que ele não tinha reparado direito, que eu estava usando aquela jaqueta o tempo todo. Ele fez cara de desconfiado, mas não me importava, a última coisa que ele iria pensar seria a verdade: que sua filha tinha um duplo, e que estavam transformando um primeiro encontro em uma comédia louca. De repente eu vi a Laura indo com a bandeja para o terraço, ela estava a ponto de encontrar a gente. Fui correndo até ela e a alcancei a tempo.

– Laura!

Ela se virou quando me escutou. Segurei os braços dela e tasquei dois beijos para, assim, fazê-la girar e garantir que não os visse no terraço. Ao mesmo tempo eu deveria me esconder para que você também não me visse.

Isso é uma bagunça, Valéria. Eu fico perdido. Os leitores se perdem também. Eu já não sei quem é quem. Seu pai, Laura, seu duplo, você, eu, a jaqueta... Realmente você armou toda aquela confusão?

Foi horrível. Apesar de que agora possa parecer divertido, eu me senti muito mal. Ao me ver, a Laura se surpreendeu:
– Oi, Valéria. Quanto tempo!
– Pois é, quanto tempo. Como vai a escola?

Tive que bater papo por um tempo para que ela não fosse ao terraço. Até que finalmente eu vi que você e a Valentina estavam se levantando e indo embora.

Óbvio. O encontro tinha ido por água abaixo com tanta agitação. Foi você que propôs sair para passear; você, ou quem fosse que estivesse sentada na minha frente.

Quando eu tive certeza de que vocês tinham se distanciado, me despedi da Laura, deixei que ela saísse para o terraço. Passei pelo banheiro, joguei água na cara, estava ardendo. Me vi no espelho, respirei fundo, comecei a rir ao me ver ali, com toda aquela agitação em volta.

Passear um pouco nos fez bem. Nós nem precisávamos falar, simplesmente fomos juntos, um ao lado do outro, caminhando devagar. Estava caindo o sol. Você me propôs ir a um lugar especial.

Eu devia ter imaginado. Mas até que eu me lembrasse, fiquei um tempo procurando vocês. Corri pela avenida, olhei no parque, cheguei até o rio. Estava desesperada, iria ligar para a Valentina, quando me dei conta. A praça da igreja!

Eu nunca tinha ido lá. Tinha passado mil vezes pelas ruas da redondeza, mas nunca tinha entrado na pracinha. É verdade, é um lugar muito especial. E àquela hora, com o sol caindo pelos telhados e a pedra mudando de cor. Amarela, laranja, avermelhada. Íamos nomeando as cores quando trocavam. Não falávamos nada mais, só olhávamos a fachada, sentados no banco. Embora começasse a fazer frio, não queríamos sair dali por nada neste mundo.

Eu fiquei observando vocês da esquina. Os dois no banco, na frente da igreja, enquanto caía o sol. Vocês formavam um lindo casal. Nós formávamos um lindo casal.

Era você, certo?

A fachada se avermelhava, resistia a soltar o último resto de luz. Não tinha ninguém mais na praça. Os dois sozinhos, juntos.

Fala a verdade. Quem estava sentada do meu lado?

As mãos apoiadas no banco, uma junto da outra.

As mãos estavam tão próximas. Sentia o calor da pele bem perto. Nossos dedos quase se tocavam.

Naquele instante se escondeu o sol atrás do edifício mais alto da praça. A fachada se iluminou pela última vez.

E enquanto eu não conseguia me decidir, foi aquela outra mão que segurou a minha, de repente. Senti uma sacudida por dentro, quase saio em disparada.

Foi ficando de noite. E ali os dois, de mãos dadas, sem falar, olhando a fachada se apagar.

Quem me deu a mão?
Era você, Valéria? Fale a verdade.

· 31 ·

Vou te dizer o que eu penso, Valéria. E, por favor, não fique chateada. Eu não acredito em você. Não fique com essa cara. Eu sou sincero: não acredito em toda essa história que eu aceitei escrever tal como você foi me contando. Não só o episódio louco do Burger. Também não acredito no que veio antes. Nada.

A Valentina não existe. Nunca existiu. É uma espécie de... amiga imaginária. Um duplo inventado. Ou uma parte de você mesma, uma Valéria diferente que está dentro de você e que você deixa sair só quando precisa.

Como o livro que você me recomendou no dia do Burger, e eu acabei lendo, lembra? *O Médico e o Monstro – O Estranho Caso do Doutor Jekyll e Mister Hyde*. Você me recomendou exatamente por isso, não é? Para que eu pudesse entender o que estava acontecendo com você. Como o protagonista desse livro, que toma uma poção e se transforma em outro, você também se desdobrava, tinha duas personalidades: uma tímida e tranquila, chamada Valéria; e outra mais valente, sem vergonha, louca, chamada Valentina. *O Estranho Caso de Valéria Jekyll e Valentina Hyde*. É isso?

E se não for, me diga: por que não combinamos um dia os três, você, eu e essa suposta Valentina, e assim eu vejo vocês juntas? Porque não existe. Já sei, você disse que ela foi embora faz tempo, que ela já não mora mais na cidade. Tenho que acreditar nisso? Assim, sem mais provas? Ah, e falando de provas: ontem eu passei por aquela loja que você falou, a papelaria da parte antiga. Foi por acaso, eu ia por essa rua e reconheci quando a vi, bem como você descreveu: uma loja antiga, escura, com um atendente muito velho. Era essa, certo? Pois não tinha nenhum retrato na vitrine de nenhuma menina idêntica a você. Já sei, você vai me dizer que talvez alguém o tenha comprado. Mas acho que não.

Isto é o que eu penso: que a Valentina não existe. Que os duplos perfeitos não existem. São só lendas. Histórias. Saem nas novelas. São chamados de *doppelgänger*, eu vi na Wikipédia. Em alemão significa "o duplo que caminha do seu lado". Mas eles não existem, só nos romances e nos filmes.

A Valentina foi inventada por você, assim como quando você era pequena e inventou uma amiga imaginária para contar a ela tudo o que não tinha coragem de contar aos outros. Você inventou a Valentina para se sentir mais segura, para se transformar em outra pessoa quando precisasse ser outra, para pensar que não era você, mas ela que colocava a Natália no lugar, a que alegrava e fazia dançar sua família, ou a que falava comigo sem ficar paralisada de tanta vergonha. A que pegou na minha mão na praça sem sair correndo.

Todos fazem isso alguma vez na vida: brincamos de ser outra pessoa, alguém diferente, capaz de tudo o que não temos coragem de fazer. Eu mesmo, eu também já quis ser outro muitas vezes. Para ser mais valente em tantas ocasiões em que me comportei como um covarde.

Na escola, por exemplo. Tinha o típico assediador, o que se acha o melhor de todos e vai fazendo brincadeiras pesadas e humilhando os que parecem mais frágeis. Eu queria ter sido valente para enfrentá-lo, para defender algum colega quando ele o incomodava, para responder como ele merecia.

Mas eu nunca tive coragem, sempre abaixava a cabeça. Ia para casa me sentindo péssimo, covarde, e depois eu passava a tarde imaginando o que teria acontecido se eu tivesse tido coragem. Lembrava a cena e a modificava, imaginando de outra maneira. O que eu teria dito, o que ele teria respondido, o que eu teria dito de novo, e quanto mais eu fantasiava, pior eu me sentia por não ter feito nada.

Como você, eu também me fechava no banheiro e falava com o espelho. Eu falava com o meu reflexo muito sério e dizia: "Ei, você, cala a boca de uma vez e deixa de incomodar os outros. Sim, você mesmo, estou falando com você. Vaza e deixe a gente em paz". Até fazia como se tivesse dado um soco no espelho, como se fosse ter coragem de me defender da surra que o assediador me daria assim que eu respondesse. Que bom seria se eu tivesse tido um duplo. Outro Simón, um Simón Hyde valente, forte.

Mas os duplos não existem, Valéria. Estamos aqui, você e eu. As decisões que você tomou foram suas. No final de cada página você escolheu a melhor opção. Não precisa de uma Valentina para explicar o que aconteceu.

Eu teria feito a mesma coisa. Se eu não tivesse sentido que era capaz de olhar você no corredor, de falar com você, de convidá-la para ir no Burger, teria inventado um Simón que fizesse isso por mim. Faria qualquer coisa para não deixar você escapar, para estar aqui hoje com você.

Assuma suas decisões. As boas, que são muitas, e também as más, *essas* que você prefere responsabilizar um incrível duplo. São suas. Foi você.

· 32 ·

Você está errado, Simón.
Se eu contei tudo é porque confio em você e porque esperava que acreditasse em mim. Mas tudo bem. Eu, no seu lugar, certamente também teria duvidado. É tudo muito inacreditável, eu sei. Mas é verdade. É a minha verdade, e eu não vou renunciar a isso.

Aquele livro, do Jekyll e Hyde, foi meu pai que me deu. Foi num dia, depois de uma daquelas tardes que eu passei com a Valentina na praça. Ao chegar em casa, encontrei meu pai tirando a maquiagem de palhaço.

– Voltei a ser eu de novo – disse. – Adeus, palhaço.

– Oi, papai. Você se sente outra pessoa quando coloca esse nariz e essa peruca? – perguntei.

– Não me sinto outro: sou outro. Papai Jekyll e Palhaço Hyde.

Ele me contou desse romance de Stevenson e me recomendou que lesse. Até mandou uma:

– Você é sempre a mesma? Não tem vezes que você se transforma em outra pessoa?

Eu sei, é o que você pensa, Simón. Que não existem os duplos, que somos nós que nos multiplicamos. Mas aquela tarde eu acabava de voltar da praça, de passar um tempo com a Valentina, e ninguém iria me convencer de que na realidade eu tinha passado duas horas falando sozinha em um banco, com uma amiga imaginária. Meu duplo era real. Então eu perguntei ao papai o que ele pensava da existência dos duplos e, enquanto ele preparava o jantar, me contou coisas bem interessantes.

Ele me disse que a crença nos duplos é muito antiga, que os gregos pensavam que existissem outros como nós que caminhavam pelo mundo sem que nossos passos se cruzassem. Desde então, ao longo dos séculos, a lenda do duplo foi crescendo, acrescentando novas versões. Às vezes era um gêmeo separado ao nascer. Outras, uma sombra que nos espreitava. Podia também ser um diabo, nosso lado escuro, alguém que fosse totalmente o contrário do que somos. O *doppelgänger*, sim. O duplo que caminha.

Algumas pessoas acreditavam que nas antípodas, na outra ponta do planeta, havia um país exatamente igual ao nosso, habitado por gente como nós. Nossos duplos. E que, quando dormíamos, eles estavam acordados; nosso inverno era seu verão; nossa guerra, sua paz. Alguns autores veem no duplo algo maléfico. Outros acreditam que encontrar com seu duplo é um aviso de desgraças, de que sua morte está próxima.

Papai meu contou, nesse dia, sobre a física quântica, que defende a existência de universos paralelos ao nosso. São só modelos teóricos que inspiram romances e filmes. Outros universos onde tudo é idêntico ao nosso mundo, mas uma mínima variação muda o curso da história. Não é preciso nem que seja uma decisão pessoal, basta que em um universo caia uma folha de uma árvore um segundo antes e, a partir daí, tudo já será diferente. Os universos paralelos seriam infinitos e, em alguns deles, viveriam nossos duplos exatos.

Tudo bem, tudo isso é imaginação e é divertido. Eu adoro essas histórias. Mas elas não têm nada a ver com a minha.

A Valentina não é um fantasma. Existiu. Você pode acreditar ou não. É a coisa mais especial que já me aconteceu na vida, e não vou renunciar a isso, não vou me esquecer, não penso em me convencer de que inventei tudo.

    Desculpe, falei tudo no passado. A Valentina não existiu. A Valentina existe, hoje. Ainda que faça muito tempo que não nos vemos, ainda que estejamos longe, ainda que talvez já nunca mais nos encontremos. Eu vou contar como foram nossas últimas semanas juntas e por que nos separamos. Você pode acreditar ou não, você escolhe. Mas, por favor, escreva até o final. Do jeito como eu vou contar.

· 33 ·

Na segunda-feira, depois do episódio no Burger, as duas amigas voltaram a se encontrar no ponto de ônibus ao sair da escola. Tinham passado o fim de semana sem se falar nem se escrever. Alguma barreira tinha sido colocada entre elas, alguma coisa as distanciava.

Frente a frente, no ponto de ônibus, como nas primeiras vezes, elas se olharam cada uma da sua calçada, esperando para ver quem daria o primeiro passo, como duas pistoleiras que se examinam para ser a primeira a disparar. Mas não se mexiam. Só se olhavam, em silêncio. Valéria viu que o ônibus do outro lado estava vindo. Esperou que a amiga se levantasse, mas não. Quando o ônibus retomou o caminho, ela ainda estava lá, sentada.

Então Valentina se levantou e começou a andar. Não em direção à Valéria, mas para o outro extremo da rua. Não lhe fez nenhum gesto, mas Valéria também ficou de pé e a seguiu. Sabia aonde ela ia, mas preferiu manter distância, uns metros atrás. Não tomavam nenhuma precaução, não se escondiam, como se não se importassem mais se alguém as visse juntas. Percorreram assim as ruas do centro, com Valéria pisando nas pegadas de Valentina, virando as esquinas atrás dela, olhando nas vitrines seu reflexo que coincidia com aquele que seu duplo acabava de mostrar.

Ao chegar à praça da igreja, Valentina se deteve na esquina. Valéria chegou atrás e colocou-se ao seu lado. No centro

da praça, sentado no banco, estava eu. Simón. Esperando. Assim a gente tinha se despedido na sexta: ficamos de nos encontrar lá mesmo na segunda, ao sair da aula.
– Ele está te esperando – disse a Valentina em voz baixa.
– Não. Ele espera você – respondeu Valéria, ao seu lado.
– Não seja tonta.
– Você deu a mão pra ele, não eu.
– Não. Minha mão era a sua. Eu era você. Ele acha isso, e é a única coisa que importa.

Ficaram as duas em silêncio, olhando para a praça, a igreja ainda muito ensolarada, sem mudanças de cor. As andorinhas já tinham ido embora para o sul com os primeiros ventos frios, e sem seus chiados a praça estava estranhamente silenciosa. Da esquina, as duas viam minhas costas, a nuca, me viam sentado no banco. Se eu tivesse virado de repente, teria encontrado ali, os duplos, como uma miragem.

– Diz a verdade – sussurrou Valéria. – Você também gosta dele?
– Eu não faria isso com você. Somos amigas. Mais do que amigas.
– Você não me respondeu.
– Eu só queria te ajudar, Valéria.
– Tá. E o que vamos fazer agora?
– Você deveria ir lá. Ele está te esperando – sussurrou Valentina.
– Está nos esperando.

Ficaram outra vez em silêncio. Passaram assim alguns minutos, as duas quietas, na esquina, olhando para o meu banco. Enfim, sem dizer nenhuma palavra, uma das duas começou a andar até o centro da praça ao meu encontro. A outra foi embora, foi para casa, e no caminho lhe escapou uma lágrima.

· 34 ·

As duas amigas passaram duas semanas sem se ver nem se falar. Valéria já não ia para o ponto de ônibus ao sair da escola nem à praça, e também não ligaram ou escreveram mensagens.

Na escola, Valéria e eu continuávamos nos olhando no corredor. Tínhamos decidido manter nosso segredo, então, entre uma aula e outra, nos olhávamos como nos primeiros dias, até continuávamos parecendo tímidos, apesar de que agora a timidez era de outro tipo.

No pátio, ao contrário, ficávamos juntos. Não os dois sozinhos, mas com o resto dos colegas. Valéria andava com Marina, e com Natália e seu grupo, agora que elas se davam bem. E nós, meus amigos e eu, nos aproximávamos e conversávamos com elas; já éramos uma turma.

Na saída das aulas nos juntávamos todos, meninas e meninos. Ficávamos um pouco no parque na frente da escola, ríamos e contávamos como tinha sido o dia, mas Valéria e eu mantínhamos nosso segredo na frente dos outros. Quando ela falava, eu percebia que na verdade aquelas palavras eram para mim; e, quando eu contava alguma coisa, olhava na direção de todos, menos na dela, a fim de que ela soubesse que eu estava falando para ela, só para ela.

Algumas vezes eu me sentava ao seu lado e, sem sequer nos encostarmos, nos sentíamos unidos. Eu sentia subir um calor pelo peito, pelo pescoço. Não vou falar essa coisa tão cafona de borboletas na barriga, mas era uma sensação física, alguma coisa que percorria meu corpo por dentro, subia pelas costas como ondas e chegava um momento em que já nem escutava as conversas, como se a gente tivesse se fechado dentro de uma bolha juntos.

Outras vezes, com a turma toda sentada no gramado, ela e eu, a gente mandava mensagens pelo celular. A gente estava a meio metro de distância, minhas palavras tinham que ir do meu telefone até um replicador, um satélite, uma antena, e acabar chegando ao celular dela depois de milhares de quilômetros em um segundo, mas dessa forma podíamos falar no meio dos outros.

Depois, o grupo se dissolvia. Todos iam embora para suas casas, menos a gente. Nós íamos para a biblioteca, cada um por uma rua diferente, ruas paralelas, caminhando separados por um quarteirão de edifícios; em cada esquina nos víamos tão somente girando a cabeça. Não é que a gente se importasse muito que alguém nos visse juntos: no começo mantivemos nosso segredo na frente dos outros por timidez; mas depois continuamos escondendo por gosto, porque essa clandestinidade nos fazia sentir mais unidos e nos parecia uma forma de proteger o que sentíamos, que ninguém fosse estragar.

Valéria dizia aos pais que aquelas tardes ela passava estudando e preparando os trabalhos com as colegas de classe, e eu dizia a mesma coisa em casa. Passávamos a tarde juntos e chegávamos em casa na hora do jantar.

Na biblioteca, a gente se sentava separado, cada um em um extremo da sala de leitura, mas frente a frente: era só levantar os olhos do livro para a gente se encontrar. Às vezes, Valéria se levantava, saía no corredor para ir ao banheiro ou para encher a garrafinha de água, e eu esperava alguns segundos antes de segui-la. Era suficiente um encontro breve na escada, na entrada dos banheiros, onde conversávamos pela primeira vez no dia. Poucas palavras, suficientes para voltar à sala de leitura com um sorriso difícil de disfarçar.

    Ao sair nos dias de outono, em que anoitecia cedo, eu a acompanhava até o ponto do ônibus, agora sim os dois sozinhos. Protegidos pela escuridão, caminhávamos de mãos dadas, unidos por uma corrente invisível, e nos despedíamos com dois beijos, ainda no rosto, como dois amigos. Na turma, já tinha alguns casais que ficavam juntos na frente de todos no parque, mas a timidez de Valéria e meu medo de estragar tudo iam demorando absurdamente nosso primeiro beijo.

    Quando ela entrava no ônibus e se distanciava fazendo tchau com a mão, eu começava a andar até minha casa. Eu morava longe, mas precisava caminhar, acelerava o passo, cada vez mais, e acabava correndo. Sentia dentro de mim uma energia incrível, tinha que esgotar antes de chegar em casa; corria pelas ruas e praças, com vontade também de gritar, de pular, de passar por cima dos bancos e dos carros, de subir pelas fachadas até os telhados para ir pulando de edifício em edifício até que acabasse a cidade e então eu continuaria correndo pelo campo.

· 35 ·

Assim passamos duas semanas. Valéria quase se esqueceu de que tinha um duplo andando pelo mundo. Até que uma noite, durante o jantar, chegando do encontro comigo na biblioteca, ela percebeu que os pais estavam mais sérios do que de costume. Havia uma tensão estranha no ambiente, até o Teo estava quieto, diferente do chato de sempre. E não tinham ligado o rádio, como costumavam fazer ao jantar, com a música de fundo. Valéria estava a ponto de pular fora, mas foi a mãe quem por fim falou:

– Filha, tem alguma coisa que você deveria contar pra gente?

– Eu... Não, mamãe. Nada...

– Tem certeza? – insistiu o pai, com uma cara tão séria, que ninguém imaginaria que era o rei dos aniversários.

– Tenho – afirmou Valéria, inquieta.

Depois de alguns segundos de mastigar em silêncio, foi outra vez a mãe quem perguntou:

– Como vão essas tardes com as suas amigas, na biblioteca? Tem estudado muito?

– Tenho sim – murmurou Valéria, que temia alguma coisa.

– Você se lembra da Teresa, aquela vizinha velhinha do condomínio? – perguntou de novo a mãe.

– Teresa... Lembro, sim.

– Sabia que o marido dela morreu no verão, né?
– Sei. Lembro que você foi no enterro.
A mãe tragou saliva, tomou ar, e começou o que tinha para falar:
– A Teresa vai uma vez por semana no cemitério para levar flores para o túmulo. Ontem ela foi lá. Ao meio-dia. E viu você. Ela me ligou para contar.
– O quê? – se exaltou Valéria. – Viu... euzinha?
– O que você estava fazendo no cemitério, filha? – perguntou o pai.
– Eu... não fui ao cemitério. Nunca...
– A Teresa viu você – insistiu a mãe.
– Talvez... ela tenha se confundido com alguém que se pareça muito comigo.
– Não só te viu. Ela se aproximou para cumprimentar, falou com você. E disse que você se fez de boba, como se não a conhecesse.
– Ah... – Valéria estava sem palavras.
– Você nunca foi mentirosa, filha – afirmou o pai, muito grave. – E você mentiu duas vezes.
– Duas vezes? Eu...
– Você acaba de mentir ao dizer que não tinha ido ao cemitério. E pior do que isso, faz duas semanas que está mentindo pra gente: você diz que quando sai da escola vai estudar com suas colegas, mas parece que não é bem assim.
– Você pode explicar o que estava fazendo no cemitério? – perguntou a mãe, de braços cruzados.
– Que medo, um cemitério – disse Teo, mas ficou quieto depois de um gesto do pai.
– Não. Não posso explicar – foi tudo o que Valéria pôde responder, e nela se podia notar a boca seca e as orelhas ardendo.

– Por que você está mentindo pra gente? A mamãe e eu, nós estamos muito tristes, porque você nunca tinha mentido antes.

– Espera, tem mais – afirmou a mãe. – Quero saber o que acontece com você todos os dias no final da tarde.

– No... final... da tarde? – balbuciou Valéria, se preparando para uma nova revelação.

– É. Já de noite, justo antes de jantar. Todos os dias você sai para a rua nessa hora com qualquer desculpa.

– Não sei do que você está falando, mamãe...

– Faz duas semanas que você está fazendo a mesma coisa: sai da aula, supostamente vai um pouco à biblioteca. Depois chega em casa, lanchamos juntos, dançamos, preparamos juntas o jantar e então quando...

Lanchavam, dançavam e preparavam juntas o jantar? Valéria não entendia nada, pois fazia duas semanas que chegava em casa tarde, já de noite, justo antes do jantar. Não entendia nada. Ou pior: começava a entender.

– Mamãe, eu...

– Não me interrompa. Eu estou dizendo que todos os dias, quanto já é de noite, sempre justo antes de jantar, você diz que tem que sair rapidinho. Cada dia você tem uma desculpa diferente: algumas vezes você vai comprar um caderno que está precisando, outras vezes porque diz que esqueceu alguma coisa na biblioteca, ou você combinou de ver uma amiga na portaria que vai trazer um livro que você precisa. E, assim, com essas desculpas, você vai pra rua todos os dias na mesma hora, demora um pouco pra voltar. Mas quando volta pra casa, nunca traz nada, nem caderno nem livro. Você pode explicar isso?

– Eu... Não sei o que dizer – confessou Valéria, totalmente perdida. Não podia acreditar nisso. Não queria acreditar nisso.

A mãe continuou o interrogatório:
– Quando você desce pra rua, todas as noites na mesma hora, você se encontra com quem?
– Isso está ficando interessante. – Teo sorriu.
– Eu... – Valéria estava derrotada.
– Se é o que a gente está pensando, tudo bem, filha – disse o pai, agora com um sorriso de cumplicidade. – Entendemos que você queira manter isso em segredo. Mas nós ficaremos mais tranquilos se você contar. Não é preciso que continue inventando desculpas para descer um pouco para... vê-lo.
– Ele é da escola? – perguntou a mãe, segurando sua mão. Agora já não parecia irritada.
– Como se chama o desgraçado? – acrescentou Teo, rachando de rir.
– Não seja fofoqueiro! – repreendeu a mãe. – Se sua irmã não quer contar, temos que respeitar sua decisão.
– É o amoooooor, é o amooooor... – começou a cantarolar o irmão uma velha canção de rádio.
– Eu vou pro meu quarto – disse Valéria, que não aguentava mais aquela situação.

Ela se jogou na cama. Tentou colocar ordem em toda a informação dos últimos minutos. O cemitério. A dança com os pais. A saída repentina antes do jantar. Ela não queria acreditar, mas era evidente. Estava acontecendo.

De repente ela teve um pressentimento. Abriu o Instagram de sua velha amiga Laura. Olhou as fotos mais recentes e lá estavam: Laura, com sua turma, na quadra de basquete. Todas rindo, olhando para a câmera, com os lábios em forma de beijinho. E daí, justo ao lado da Laura, abraçadas, estava ela. Assustou-se ao se ver, mais ela do que nunca. Mas não. Não era Valéria.

Aguentando as lágrimas, verificou o telefone. A última mensagem de Valentina era de duas semanas atrás, o dia do Burger. Pensou em escrever, pedir uma explicação, mas naquele momento entrou a mãe, que se sentou na beirada da cama.

— Você está ficando grande, Valéria. Papai e eu queremos que seja feliz, isso está em primeiro lugar. Mas entenda uma coisa: nós não gostamos que você tenha mentido.

— Desculpe, mamãe. Eu não vou fazer isso de novo — respondeu Valéria, e agora sim escaparam duas lágrimas.

A mãe lhe deu um beijo, a abraçou e lhe disse agora sorrindo:

— A propósito, o papai e eu, nós também gostávamos de passear no cemitério quando éramos namorados. A gente achava um lugar... romântico.

A mãe apagou a luz ao sair. Valéria ficou lá, deitada, com os olhos abertos, virados para o teto escuro, e com tantas coisas para pensar.

· 36 ·

No dia seguinte, Valéria se aproximou de mim no pátio, sem disfarçar, e me disse que naquela tarde ela não ficaria nem no parque com a turma nem depois, na biblioteca. Ela tinha alguma coisa importante para fazer. E, de acordo com sua versão, isto foi o que aconteceu naquela tarde...

Depois das aulas, ela foi correndo para o ponto de ônibus. Chegou e não tinha ninguém na calçada da frente. Verificou os percursos dos ônibus no painel, averiguou qual era a linha que ia até o cemitério e andou três quadras até chegar no ponto de ônibus que, em poucos minutos, a deixou na entrada principal do cemitério.

Ela nunca tinha estado lá. Nos últimos anos, tinham morrido familiares distantes, tios de segundo grau, conhecidos dos pais, mas nem ela nem Teo podiam ir aos enterros ainda.

Valéria cruzou a cerca e em seguida encontrou uma extensão enorme de lápides e cruzes. Chegavam até onde sua vista alcançava. Ela nunca imaginou que fosse tão grande; quanta gente tinha morrido na cidade ao longo dos séculos. Começou a andar pela rua principal. Sentia frio, não de medo, mas por causa do outono, e aquele frio incomodava mais por estar naquele lugar. Não estava assustada pelos zumbis nem pelos fantasmas, não era daquelas que passava mal à noite depois de assistir a um filme de terror, mas, naquela tarde, com o céu acinzentado a ponto de chover, e aquele vento que fazia rugir os ramos das flores secas sobre as lápides, ela queria estar em qualquer outro lugar do planeta em vez de estar ali.

Ela não sabia para onde ir, então deu várias voltas. Cruzou uma zona de panteões antigos, majestosos, com esculturas no alto, alguns em ruínas pelo abandono, com as pedras cobertas de musgo e mato crescendo pelas fendas. Atravessou outro setor que parecia um campo semeado, sem lápides, só com montanhas de terra, algumas com cal por cima e uma cruz simples, sem nome nem data.

Passou perto de uma casinha onde um homem uniformizado de macacão guardava ferramentas. Afastou-se depressa antes de que ele perguntasse o que fazia uma menina sozinha no cemitério, porque agora ela se sentia mais menina do que nunca.

Cruzou também com um enterro, um grupo numeroso de mulheres e homens de negro, todos caminhando atrás de um carro fúnebre, alguns chorando, a maioria com óculos de sol apesar de não fazer sol.

E, por fim, ao sair de outra zona de panteões, conseguiu encontrá-la. Ela estava em um lado do cemitério onde se enterravam os mortos não em tumbas no chão, mas em nichos na parede. Era uma longa parede de cinco ou seis pés de altura, cada uma com uma lápide com o nome, a data e às vezes uma foto, e umas poucas flores murchas. E lá estava ela: Valentina. De pé, na frente de um nicho. Imóvel, como uma das estátuas que representavam anjos ou virgens sobre as tumbas.

Valéria se escondeu atrás do último panteão. Dali observou seu duplo, viu como continuava por um tempo imóvel. Também percebeu que ela movia os lábios: estava falando.

Dali não podia escutá-la, mas sem dúvida estava falando. E Valéria não precisava se aproximar para saber de quem era aquele túmulo.

Um tempo depois, Valentina saiu do cemitério. E Valéria a seguiu, vários metros atrás, com cuidado para se esconder entre árvores e grandes arbustos. Sentia-se como da primeira vez que a seguiu, quando ainda não se conheciam. Da cerca pôde vê-la chegar até o ponto e entrar no ônibus. Não precisava averiguar para onde iria aquele ônibus. Ela não tinha nenhuma dúvida.

Valéria pegou o ônibus seguinte e minutos depois desceu na entrada do condomínio onde tinha morado com a família até o verão passado. Ao ver as casas geminadas, deu um aperto por dentro. Era como viajar no tempo, alguns meses atrás. Atravessou o condomínio, passou perto da antiga casa. Acelerou o passo até chegar nas quadras de basquete. De longe conseguiu vê-las: Laura e o resto das amigas do condomínio. E Valentina.

Daquela distância, sentiu como se visse a si mesma em um filme. Como naquela história de Natal em que um fantasma leva o protagonista para o futuro para que se veja a si mesmo dentro de uns anos. Lá estava ela. Era Valentina, ainda que Valéria se visse a si própria, como se não tivesse mudado, como se continuasse a mesma vida interrompida no final do ano anterior. Estavam sentadas em um banco, comiam pipoca e riam. Seu duplo falava sem parar, contava alguma coisa divertida, as outras rachavam de rir.

Ela não aguentou muito tempo olhando a cena. Distanciou-se caminhando, até entrar no ônibus que a levou para casa. No entanto, ao chegar, não subiu, ainda não. Ficou em frente à portaria, apoiada em um carro, esperando o que sabia que iria acontecer. Uma hora depois, viu chegar

Valentina e se escondeu para não ser vista. Valentina tocou o interfone e entrou pela portaria. Da rua, Valéria viu como acendia a luz da sala. Se a janela estivesse aberta, teria escutado a música da calçada e os gritos felizes dos dançarinos.

Pensou na mãe e no pai, dançando felizes com Teo e com ela. Com aquela que eles achavam que fosse sua filha. Depois fariam um lanche juntos. Em seguida, a falsa Valéria ajudaria a mãe a preparar o jantar. Da rua, olhando as janelas iluminadas, começou a se sentir furiosa, logo a fúria deu lugar à tristeza, pouco depois voltou a fúria, e ficou com os punhos fechados. Pensou o que aconteceria se ela entrasse de repente na portaria, subisse as escadas, tocasse a campainha, sua mãe abrisse a porta e ficasse boquiaberta, inclusive se desmaiasse como nos filmes ao ver uma menina idêntica à filha com quem preparava o jantar naquele momento, a cara de assombro do pai vindo pelo corredor, Valentina escapando ligeiro. Mas não fez nada disso, continuou lá embaixo, na rua, olhando as janelas iluminadas da sua casa.

Sem perceber, caiu a noite. Ela estava ficando gelada lá fora, apoiada no carro. Um vizinho a viu e chegou a perguntar se seus pais não estavam em casa e se ela precisava de alguma coisa. Olhou no relógio, era quase a hora em que voltava para casa toda noite depois de ter estado com Simón.

Então, abriu-se o portão do prédio, e ela a viu sair, como se tivesse visto a si mesma saindo. E se viu mais ela do que nunca.

Quando Valentina desapareceu pela esquina, Valéria ainda esperou um pouco no mesmo lugar, apoiada no carro, tremendo de frio e raiva.

Por fim subiu, como se fizesse revezamento e começasse a sua vez: já que Valentina tinha ido embora, cabia a ela recuperar o posto de filha. Ao abrir a porta do apartamento, saiu o Teo para recebê-la, dando gritos:

– Já voltou a apaixonada, já voltou a apaixonada!
– Cala a boca, imbecil! – soltou Valéria, brava.
– Não fale assim com seu irmão – mandou o pai, da sala.
– Oi, querida. – Saiu a mãe ao seu encontro. – Tudo bem?
– Tudo, mamãe.
– Uma curiosidade – disse a mãe em voz baixa, sorridente. – Ele vem te ver na portaria ou vocês só se falam pelo telefone?
– O quê?
– Você já sabe – sussurrou com um olhar de cumplicidade. – Teu... teu amigo esse...

Valéria sequer respondeu. Foi para o quarto, fechou a porta, inclusive colocou o trinco, mesmo que os pais sempre dissessem para não se trancar. Ela precisava ficar sozinha. Ela se jogou na cama e de repente sentiu como se aquela não fosse sua cama, como se estivesse no quarto de outra pessoa. Olhou a mesa, a cadeira afastada, restos de borracha na mesa. O assento estava ainda quente. Pegou o telefone, digitou o número de Valentina, mas no último momento apagou e jogou longe para depois se encolher na cama, abraçada no travesseiro, com os dentes apertados.

· 37 ·

Valéria me deixou plantado esperando também no dia seguinte. Outra vez ela se aproximou de mim, agora no corredor, na frente de todo mundo, e me disse em voz baixa que naquela tarde ela também não ficaria com a turma nem iria para a biblioteca. Fiquei irritado, pensei se ela não estaria começando a ficar cansada de mim. Preocupado, também não fiquei com a turma ao sair da escola e acabei na praça, sozinho, olhando a fachada da igreja, retomando os últimos dias, tentando lembrar se em algum momento eu tinha feito algo de errado, porque eu sou assim sempre, quando alguma coisa vai bem, acabo estragando.

Valéria, segundo me contou e assim estou escrevendo, também não foi para sua casa naquela tarde. Chegou no ponto de ônibus e atravessou a rua. Sentou-se no ponto da frente, esperou um pouco e entrou no primeiro ônibus que apareceu.

A mãe de Valentina ficou surpreendida ao vê-la chegar àquela hora:

— Filha, eu não estava esperando por você tão cedo. Hoje você não vai estudar com suas amigas?

— Não, mamãe. Eu preferi ficar... com você.

— Eu iria começar a comer. Você quer comer comigo ou já beliscou alguma coisa?

Valéria ajudou a mulher a terminar de preparar a comida. Preparou uma salada enquanto escorria o macarrão e esquentava um molho de queijo no micro-ondas. Ela achou que a cozinha estava mais arrumada que da outra vez, não tinha louça suja na pia. Encontrou os quartos também mais ordenados e inclusive o banheiro parecia mais limpo. Elas se sentaram para comer na sala e então ela observou bem aquela mãe, que parecia ter sofrido a mesma transformação que a casa: não dava mais a impressão de estar a ponto de desmoronar, tinha uma cara melhor, sem olheiras, e sorria mais ao falar.

– Você quer finalmente conversar? – perguntou a mulher, servindo os pratos.

– Conversar? Sobre o quê?

– Tá bom. Continua na mesma. Mas em algum momento vamos ter que fazer isso. Você não pode continuar se escondendo.

– Não, não... Mamãe... Eu... Sim, eu quero conversar.

– Eu entendo que todas essas tardes você tem passado fora de casa para evitar o assunto. Me dava pena ver você chegar de noite, jantar em silêncio e ir pra cama. Respeitei porque você também tinha que passar seu luto, e essas decisões não são fáceis para nenhuma de nós duas. Entretanto, estou convencida que isso vai ser para melhor. No começo vai custar mais, mas olhe pra mim: eu já me sinto melhor só de ter dado o primeiro passo. Decidi que vai ser o começo de uma vida nova, e estou me esforçando para estar bem. Vai, comece a comer, filha, senão vai esfriar.

Valéria tinha o garfo paralisado na primeira garfada. Escutava muito atenta, tentando compor o sentido de toda aquela conversa. Em outras circunstâncias, ela teria ido ao banheiro e teria ligado para Valentina para perguntar do que falava sua mãe, mas não era o momento para isso. A mãe continuou falando:

– Entendo que é uma mudança enorme, filha. Outra casa, outra cidade, outra escola, outros amigos. E você está em uma idade difícil para tanta mudança. Mas vamos estar melhores. Não quero deixar passar essa oportunidade. É um bom trabalho, vamos morar perto do mar, me falaram muito bem da escola nova, e o principal: podemos começar outra vez, e fazer isso juntas.

A mãe segurou a mão daquela que ela achava que fosse Valentina. Agora sim brilhavam seus olhos, e Valéria correspondeu apertando sua mão e sorrindo triste.

– Para mim isto é... muito importante, filha. Eu não quero continuar mal, preciso levantar a cabeça. Faz umas semanas que estou melhor, mas tenho medo de ter uma recaída, voltar a ficar como no último ano. Nós passamos muito mal, sei que você teve que aguentar muito, você tinha sua própria tristeza e ainda tinha que conviver com uma mãe destruída. Imagino que até você tenha desejado mudar de vida, ter uma família... normal. Por isso eu quero que a gente dê esse passo. O psicólogo está convencido de que é uma boa decisão. A mudança de ares vai me ajudar. Nos ajudar. Sempre que estivermos as duas, e que você esteja bem, obviamente.

– Eu vou ficar bem, mamãe... Nós vamos ficar bem.

– O papai vai estar com a gente. Eu sei que você não quer deixá-lo, mas ele não está nesse cemitério. Ele está aqui, do nosso lado, e vai estar onde a gente for. Sempre.

– Eu sei, mamãe. Eu sei.

Passaram juntas o resto da tarde. Valéria fingiu estudar um pouco, no quarto de Valentina. Sentada em sua mesa, olhando as fotos com o pai, ou com o olhar perdido na janela. Ela colocou um disco velho. Dos Rolling Stones outra vez, para honrar seu duplo.

No, you can't always get what you want
You can't always get what you want
You can't always get what you want
But if you try sometimes you might find
You get what you need...

Deu uma olhada no relógio e calculou que àquela hora começaria a dança familiar em sua casa. Papai, mamãe, Teo e ela, substituída por Valentina. Então ela se levantou e foi procurar a mãe do seu duplo, que estava na cozinha, colocando em uma caixa de papelão taças e copos que ia embrulhando no papel de jornal.

– Mamãe... Vamos dar uma dançadinha?
– Agora? – A mulher sorriu.

Assim que escutaram as primeiras notas, elas se seguraram pelas mãos e se jogaram para o centro da sala. Dançaram três músicas seguidas, até que terminaram esgotadas, suando, jogadas no sofá, rindo como loucas.

– Tenho que sair por um momento – anunciou Valéria um pouco depois. – Tenho que... comprar um caderno. Vou precisar para amanhã.

Ela deu um abraço naquela mãe, que ficou surpresa de que a filha a abraçara com tanta força, como se estivessem se despedindo para sempre.

– Tchau, mamãe... Volto logo – disse Valéria na escada, segurando a vontade de chorar.

Atravessou a cidade e, na janela escura do ônibus, como se fosse uma tela, viu o filme dos últimos meses: o primeiro encontro com Valentina no ponto. O dia seguinte. O momento decisivo em que colocou a mão no ombro e a outra se virou. As tardes na praça, olhando a fachada oscilante da igreja. As vezes que trocaram de escola, na sua casa, com sua família, com suas amigas. A tarde louca do Burger. Tantos momentos de intimidade, de descobrimento, de risadas, de nervoso.

Valéria chegou na sua rua a tempo: seu duplo saía pela portaria naquele mesmo instante. Chamou-a para que não pudesse escapar.

– Valentina!

A menina virou surpreendida ao ouvir seu nome e, mais ainda, ao se encontrar com Valéria. Estava tremendo um pouco a boca, como se tentasse dizer alguma coisa e não tivesse palavras.

– Relaxa – se adiantou a Valéria –, não preciso que você me explique nada. Eu já sei de tudo. E está tudo bem.

– Desculpe, eu...

– Não me peça desculpa. De verdade.

– Eu... Obrigada – foi a única coisa que Valentina conseguiu dizer.

Elas se distanciaram da portaria e se sentaram em um banco no bulevar.

– Eu já sei que vocês vão se mudar pra outra cidade – disse Valéria.

– Você sabe?

– Eu entendo que é difícil isso. Mas você tem que enfrentar a realidade. Você era a valente, lembra?

– É, mas agora eu estou com medo. Começar uma nova vida pode ser melhor, mas também pode ser pior. Tenho medo de que minha mãe fique mal de novo e eu sequer tenha uma amiga para me apoiar. Você vai rir, mas até cheguei a imaginar que nós trocávamos de lugar: você iria com minha mãe e eu ficava com sua família e com Laura... e com Simón.

– A sua mãe precisa de você. Não serve um duplo.

– Você é muito boa – disse a Valentina, segurando a mão da amiga.

Ficaram em silêncio, lá sentadas. Qualquer um que as visse pensaria em duas irmãs que estavam se reconciliando depois de uma briga.

– Só mais uma coisa – disse enfim Valentina. – Eu queria pedir um último favor... É um favor muito especial. Se você me disser que não, eu vou entender.

· 38 ·

Eu já estava desesperado, depois de dois dias me enrolando. Então, no dia seguinte, Valéria se aproximou de mim no pátio e me disse que a esperasse na praça da igreja; me deu uma reviravolta no coração, me estampou um sorriso enorme e me deu muita vontade de levantá-la e abraçá-la no ar, lá mesmo, na frente da escola toda.

Eu senti que a manhã foi longuíssima, até que finalmente tocou o sinal. Saí em disparada, queria chegar primeiro e esperar Valéria lá, como se tivesse algum risco de que ela chegasse antes e, ao não me ver, fosse embora sem esperar. Quando eu digo "em disparada" não é uma forma de dizer: corri a toda velocidade pelas ruas estreitas do centro, cheguei na praça sem fôlego, soltei a mochila e me joguei no banco.

Enquanto acalmava minha respiração, me deu uma pontada de medo: e se na realidade ela tinha combinado comigo para me dar uma má notícia? Que idiota eu tinha sido gerando expectativas. Fazia dois dias que não nos víamos nem conversávamos, talvez ela tivesse pensado e chegado à conclusão de que já não queria nada comigo. E agora vinha me dizer: "Sinto muito, Simón. Eu gosto de você, mas não tenho vontade de namorar. Podemos continuar como amigos".

No verão anterior, eu já tinha levado meu primeiro fora durante um acampamento. Fazendo o típico jogo da "verdade, beijo ou consequência", numa noite, uma menina confessou que me achava muito bonito. Eu nem tinha reparado nela até aquele momento, mas passei o resto do acampamento seguindo-a, me inscrevendo para as mesmas atividades que ela, procurando estar por perto e ficando vermelho quando a gente se encontrava. Até que, numa das últimas noites, na fogueira do acampamento, me sentei do lado dela e lhe disse que eu também a achava muito bonita. Essa foi a minha primeira frase depois de uma semana daquele jogo. Ela sorriu para mim e me disse exatamente isso: "Sinto muito, Simón. Eu gosto de você, mas não tô a fim de namorar. A gente pode ser amigo".

Valéria era diferente, ela não era um amor de verão. Eu gostava dela de verdade. Muito mais do que isso: estava apaixonado. Muito. Se agora ela estava vindo para me dispensar, isso iria doer. Muito. Já estava doendo, lá, na praça, antecipando um desastre que só existia na minha cabeça, mas que de repente me parecia muito possível. A culpa era minha, pensei: por ser tão travado, por não ter me atrevido a beijá-la ainda, por continuar me comportando com ela como um amigo e não dizer claramente o que sentia. Com certeza ela estava decepcionada comigo.

Todos os medos desapareceram de repente quando a vi chegar. O sorriso que ela trazia. Aquele sorriso nervoso e tímido, o mesmo do primeiro encontro no Burger. Estava lindíssima, iluminada. E eu fiquei com um sorriso de bobo, como resposta à sua cara de felicidade. Não, não vinha me dispensar. Ela me confirmou sem palavras: chegou até o banco e, sem me dar tempo de dizer nada, me deu um abraço. Apertou com força, mexeu nos meus cabelos com os dedos, afundou o rosto no meu pescoço, e aquilo tudo me amoleceu até os ossos, como se eu fosse me tornar líquido de repente.

Ficamos lá sentados toda a tarde. De mãos dadas. Sem falar. Não precisávamos dizer nada, bastava as mãos dadas e a pele tão quente. Valéria tirou seu celular, me ofereceu um fone e colocou o outro. Começou uma música. Uma velha música dos Rolling Stones. Alguma vez eu tinha escutado no rádio, mas nunca tinha me emocionado como agora, desde os primeiros compassos.

> *Angie, Angie, when will those clouds all disappear*
> *Angie, Angie, where will it lead us from here...*

Olhamos para a igreja, que naquela tarde, sim, com o céu aberto, ia cumprindo passo a passo toda sua transformação: o cinza da pedra antiga foi amarelando, logo ficou laranja e, sem que a gente pudesse perceber, já estava um vermelho fogo, que aguentou uns minutos depois do desaparecimento do sol.

> *With no loving in our souls and no money in our coats*
> *You can't say we're satisfied.*
> *But Angie, Angie, you can't say we never tried...*

Era quase de noite, e ainda não tinham acendido os postes de luz, quando Valéria me disse no ouvido que tinha que ir embora, mas que por favor não a acompanhasse. Ela preferia que a gente se despedisse lá na praça, queria levar aquela boa lembrança. Ela disse assim: "Hoje eu quero levar esta boa lembrança".

> *All the dreams we held so close seemed to all go up in smoke*
> *Let me whisper in your ear...*

Ficamos de pé e então eu me lancei, por fim:
– Valéria... Quero te dar um beijo.
Ela se assustou com o meu pedido, tanto que me arrependi:
– Perdão, se você não quer...
Ela olhou durante alguns segundos para a esquina mais distante da praça, como se estivesse pedindo permissão para alguém, e então sorriu pra mim:
– Tá bom. Mas feche os olhos.
Eu fechei. Senti o batido nervoso do meu sangue subindo e descendo pelo corpo. Dois, três segundos com os olhos fechados, até que percebi seus lábios nos meus. Foi um beijo breve, juntar e separar, mas então eu a agarrei pela cintura, evitei que ela se separasse e beijei de novo, agora um beijo longo, movendo os lábios, abrindo ligeiramente a boca contra sua boca, sentindo o choque da ponta da sua língua quando encostou na minha.

> *...don't you weep, all your kisses still taste sweet*
> *I hate that sadness in your eyes...*

Abri os olhos. Vi que estava brilhando seu olhar, ela virou o rosto de novo para a esquina escura da praça. Eu perguntei se estava tudo bem.
– Melhor do que nunca – disse, agora sim com voz chorosa. – Melhor do que nunca.
Foi embora. Saiu da praça sem olhar para trás, e eu fiquei lá sozinho. Sentei de novo, olhei a fachada, os últimos restos de luz avermelhada estavam se dispersando na noite, levantava um vento que me deu frio no corpo, mas eu percebia tanta energia dentro de mim, que me sentia capaz de devolver a luz da fachada apenas tocando-a. Eu estava feliz.

I still love you, baby,
Everywhere I look I see your eyes,
There ain't a woman that comes close to you,
Come on, baby, dry your eyes...

    E agora, Valéria, você quer me convencer de que aquela menina não era você. Que aquela que veio à praça naquela tarde era outra.

· 39 ·

Você continua sem acreditar em mim, não é?

Eu tento, mas... Preciso de uma explicação convincente. Ninguém se encontra assim de repente com seu duplo perfeito em um ponto de ônibus. Essas coisas só acontecem nas novelas.

Tá. Uma "explicação convincente"... Escuta isso, vamos ver se você se convence mais: naquela noite, depois de me despedir da Valentina pela última vez, eu cheguei em casa um pouco antes do habitual. Minha mãe estava preparando o jantar, e eu me ofereci para ajudá-la para estar um pouco a sós com ela enquanto o papai dava banho no Teo. Eu, então, como você agora, também precisava de uma "explicação convincente" para tudo o que tinha acontecido comigo nas últimas semanas, e só me vinha na cabeça uma explicação possível. Mas também não sabia como perguntar para minha mãe, então me ocorreu uma coisa:

— Mamãe, você se importa se eu colocar música enquanto a gente cozinha?

— Pode pôr, filha. Só não me tire pra dançar outra vez, porque eu tenho que preparar também a comida de amanhã.

Peguei meu celular e procurei a música que eu queria. Começou assim:

Childhood living is easy to do
The things you wanted I bought them for you
Graceless lady you know who I am
You know I can't let you slide through my hands

Wild horses couldn't drag me away
Wild, wild horses couldn't drag me away

Percebi que a minha mãe se surpreendeu com os primeiros acordes e desacelerou o movimento da faca ao cortar a cebola, até ficar paralisada.
– Nossa... Fazia muito tempo que eu não escutava essa música – disse em voz baixa.
– Você gosta?
– Gosto... Eu gosto muito. Me traz boas lembranças – respondeu, fungando o nariz. – Esta maldita cebola, já estou chorando outra vez.
Eu não quis perguntar nada mais. Ficamos em silêncio, escutando a música, minha mãe enxugando as incontroláveis lágrimas com a manga e xingando a cebola...
E agora me diz, Simón. Isso serviria para você como "explicação convincente"?

É verdade? Então sua mãe...

É verdade. É mentira. Dá na mesma. Seria mais acreditável a minha história, a nossa história, se terminasse assim? Com isso você já aceitaria todo o resto?
E se eu te contar que na realidade a "explicação convincente" é outra? Que eu andei pesquisando e averiguei que no hospital onde nasci houve roubos de bebês recentemente e, seguindo essa linha, descobri que na verdade a mãe da Valentina estava grávida de gêmeas e...

Pare, Valéria. Você está inventando isso.

Você quer que eu continue dando "explicações convincentes"? Tenho outra sobre experiências de clonagem, você quer ouvir também?

Não fique brava...

É que eu contei uma coisa que eu não tinha contado pra ninguém, e você prefere submeter tudo à necessidade de uma explicação que encaixe no que considera "convincente". E então daí, sim, você acreditaria em mim? Com tão pouco você se conforma...

E como você quer que eu acredite em você, então?

Confiando em mim. Porque eu quis dividir com você a coisa mais incrível que já aconteceu na minha vida, correndo o risco de passar por louca ou mentirosa...

Desculpe, Valéria. Eu escrevi tudo. Do jeito que você me contou. E é uma história bonita, mas tente me entender...

Entendo. Mas não estou mentindo. Foi assim.

Passou muito tempo de tudo aquilo. Por que você não me contou na época?

Precisei de todo esse tempo para entender, eu mesma, o que aconteceu com a gente. E para me convencer de que eu não precisava de uma explicação, que dava na mesma se tudo foi uma bonita casualidade ou se teve qualquer outra causa por trás. Aconteceu, e pronto.

· 40 ·

Pois aqui terminamos. Só uma pergunta mais: por que você pediu que eu escrevesse? Poderia ter escrito você mesma.

Você escreve bem, Simón. Você sempre gostou. Mas não é por isso: escrevermos juntos é a minha forma de dividir isso com você. Agora já não é minha história: agora é nossa história.

Obrigado, Valéria.

Estamos bem aqui, não é?

Estamos. Fazia muito tempo que a gente não vinha.

Olha a fachada da igreja. Já vai começar. Amarelo...

Por que você tinha tanta vontade de vir aqui hoje?

Porque você já terminou de escrever a nossa história. E aqui é onde colocamos o ponto-final.

Só por isso?

E porque talvez eu acabe, sim, te dando uma prova.

Que prova?

Combinei aqui com alguém.

O quê?... Você está de brincadeira?

Tenho cara de estar de brincadeira?

Mas... Ela não tinha ido para outra cidade? Como?...

Paciência. Espere um pouco.

Não brinque comigo, Valéria, por favor.

Você está nervoso?

Não. Um pouco. Muito. Se é uma brincadeira, não tem graça.

Não é uma brincadeira. Ela deve estar chegando.

E você vai ficar aqui?

Você prefere que eu deixe vocês dois sozinhos?

Não... Quer dizer... Você... e ela? As duas juntas?

Você queria uma prova ou não?

Queria... Não... Eu... Acredito em você. De verdade. Acredito. Não preciso de provas.

Relaxa. Olha lá na esquina e me avise quando ela chegar.

Fim.